中国历史文化小丛书
冯尔康 主编

中国古典小说戏曲十题

宁宗一 著

中国工人出版社

用贴近大众生活的故事与读者交流

“中国历史文化小丛书”总序

民众是历史的参与者，是形成历史的一股重要力量。中国是历史学发达的国度，但是在古代民众对历史却没有知情权，历史知识只是从演义、戏曲、口耳相传中获得些许，而且是真假参半的。到了20世纪，史学家才致力于大众历史读物的写作，最引人瞩目的是吴晗倡导的“中国历史小丛书”问世，形成风气，学者、出版家努力将历史故事及其内含的中华文化，以各种丛书的名义，简明扼要地呈现给大众读者。就以笔者而言，应多家出版社之约，写作多种小册子，被收入中华书局“中国历史小丛书”，中国青年出版社“中华文化集萃丛书”，中国人民大学出版社“清史知识丛书”，天津教育出版社“名家文化讲堂”，商务印书馆国际有限公司“中国古代生活丛书”，新蕾出版社“百家姓书系”，广东人民出版社、华夏出版社“历史爱好者丛书”，社会科学文献出版社“中国史话”。我之写历史通俗读物，乐此不疲，就是为把历史知识交给历史的主人——民众。如今中国工人出版社邀我主编“中国历史文化小丛书”，深感荣幸，喜悦接受。

读者见到本丛书名称“中国历史文化”，就会想到“中国历史文化博大精深”，这是国人的共识。博大，是指文化包含社会制度、生活各个方面和思想各种领域。精深，是指认识人类社会透彻，规范做人道德和社会伦理，有益于社会稳步前进，并成为世界多元文化的一个重要组成部分。和读者见面的“中国历史文化小丛书”与“中国历史文化博大精深”有什么关系，何需开篇费此笔墨？这是因为丛书的内容涵盖中国历史文化的多个领域，主要是记叙历史上人们的生存、生活状态及其变化，以此为中心，涉猎生态环境下人们的经济、社会、文化、思想意识、疾病与医疗生活，诸如农业、手工业的生产和商品交易活动；社区组织、宗族、行会等社会群体活动；家庭生活与族亲姻亲友朋往来；文学艺术的创作及大众的娱乐；合法宗教的信仰及民间秘密结社；“半边天”女性生活及其社会角色演化；人们的生存、生活是在大自然条件下进行的，人与生态环境、同人类共存的危害人们健康乃至生命的病菌、疾病医疗，是生活史内容的应有成分；此外，人们与邻国、远洋地区贸易与文化交流，等等。

读者从上述“小丛书”书写内涵就可以明了本丛书的特点了，就此，作为设计者之一的笔者就来说说个人认知吧：

第一，以小见大、大小结合，具有丰富的文化内涵。历史叙述法有所谓宏观史与微观史的区别，本丛书组合的各篇多采取宏观叙事与微观叙事结合的方法，是两种叙事的汇合。

第二，丛书的作者力图把先人生活用具体生动的故事描述出来，令人如同进入他们的生活境域，触摸先人脉搏，获知他们所思所想、欲望、欢乐、懊恼，得知先人的成功和缺憾，汲取生活经验，变成智慧，有益于今日生活。

第三，喜闻乐见的表达方式。文化普及读物，篇幅不宜过大，本丛书每部在十万字左右，作者既要呈现学术研究心得，更要用喜闻乐见的内容、文字与读者交流，争取行文流畅，文采斑斓，并配有多幅插图，期冀雅俗共赏，读者能够津津有味地阅览。

中国工人出版社编辑傅娉、宋杨热心大众文化传播，借此谨表示对她们的敬意，并愿用我们的精诚合作把本丛书出好！

冯尔康

2024年5月14日于旅次

目　录

中国戏曲与小说的血缘关系

一

早年读散文名家姜德明先生的《戏话》[1]一文，觉得他的文笔丝丝入扣，读之令人眼目清凉，身心愉悦。他不仅独具慧眼，通过京剧《三堂会审》与托翁的著名小说《复活》，拈出了一则有意味的“中西文艺比较”，揭示了人性中的负罪感和灵魂冲撞，说得极为通脱、明晰，且率真地表达了自己偏爱的一方——《起解》与《会审》。其中最令我感动的是这位散文大家的谦逊的文风，他用平等的商量的口气写道：“说句外行话，能不能说整本的大戏如同长篇小说，折子戏是散文？”不管你读后能否认同此说，这态

1 《今晚报》1996年2月6日第6版。

度就让人听着舒坦，更不用说姜先生的体会显然是当行里手的理解。

说来也巧，偶读汪曾祺先生的《搭上随笔》，[1] 出于职业与爱好的习惯，当然要首先拜读汪先生的《中国戏曲和小说的血缘关系》一文了。汪文也是从中西戏剧结构比较入手，指出“西方古典戏剧的结构像山，中国戏曲的结构像水”，接着从戏曲发展史角度画龙点睛地指出：“这种滔滔不绝的结构自明代至近代一直没有改变。这样的结构更近乎是叙事诗式的。或者更直截了当地说：是小说式的。中国的演义小说改编为戏曲极其方便，因为结构方法相近。”汪先生如数家珍地列举了《打渔杀家》《一匹布》《牡丹亭》《琵琶记》《武家坡》诸戏的时空处理及戏剧冲突等问题，做了鞭辟入里的分析，真是切中肯綮，醒人耳目。事实是，在文学的文化学研究中，充分认识中国小说与戏曲的血缘相关性是非常必要的，这还不仅仅是由于小说和戏曲的共同性都是因为具备叙事性，或者说都离不开故事。真正值得我们注意的是，中国的艺术精神都追求虚实相生、追求写意化、追求意境、追求突破时空限制的象征意蕴。所以，研究小说与戏曲的关系，似应超越过去题材溯源的单一思

---

1 《当代名家随笔丛书》之一种，群众出版社 1994 年版。

路，更多地在形态学、文化学的层面上开掘。

于是，我想到了前辈名家杨绛先生的精彩力作《李渔论戏剧结构》一文结尾部分的论述，她说：西洋小说往往采取戏剧式的紧密结构，把故事尽量集中在较小的地域、较短的时间。例如奥斯汀的小说就被称为“戏剧式的小说”。我国的传统戏剧却采用了幅度广而密度松的史诗结构。希莱格尔说“但丁的《神曲》是一部小说”“莎士比亚的悲剧是古典悲剧和小说的混合物”。那么，我国的传统戏剧可称为“小说式的戏剧”。[1]杨绛先生的这番言论意在揭橥戏剧结构上的中西艺术之异，然而我们却可以举一反三，它告知我们的正是中国小说与戏曲的相互渗透是多方面的，也正是在形态学、文化学的层面上给予了我们极大的启示。为此我特别期待着中国学术界今后能够出版一部有质量的中国小说戏曲艺术发展史。

二

戏曲和小说的血缘关系，似乎很早以前就形成了我心中的一个“情结”，我说我渴望看到一部地道的中国的戏

1 见《杨绛作品集》，中国社会科学出版社 1993 年版，第 3 卷，第 140 页。

曲小说艺术发展史。所以我在很多场合，只要有机会就要“喋喋”地谈论如下的这个观点：一部中国小说史就是一部活的中国戏曲史；而一部中国戏曲史又是一部活的中国小说史。我想凡治中国小说史和中国戏曲史的学者，几乎都或多或少，或明晰或模糊地感觉到了这一点。因为人们都看到了，在中国戏曲文类和小说文类进入成熟期（或定型期）以后，它们的紧密联系和相互依存的关系就越发明显了。因此，与西方文艺发展史不同，中国的戏曲、小说有着自己独特的发展规律。其中重要的一点，即二者经常相互作用、相互参定，同步发展，戏曲中的小说因素，小说中的戏曲因素都是显而易见的。形成这种现象的原因，肯定是多方面的。然而，从总体上说，古代小说、戏曲所体现的，都是中国中世纪以后城市市民的思想意识。而宋元以降，中国独有的瓦舍勾栏艺术，无疑又给二者的融合提供了极为畅通的渠道。古代戏曲、小说这种血肉关系决定了研究它们的不可分割性。英国著名的历史哲学家汤因比曾经指出：“我从来就没有把历史、当代史、经济史、宗教史和艺术史加以区别，也没有把历史的研究和技术的历史加以区别……我反对把人的研究分成若干所谓的‘学科’。”汤因比的话也许是一种“深刻的片面”，但我们却有必要从中汲取充分的精神养料和思想灵感，他确实独具慧眼地窥见了20世纪末人类精神领域和学术研究中的综合趋势也是最佳运作方式。至于如何操作，那就看研究者的视角、切入方式、理解力、阅读心态或理论准备了！

中国戏曲和小说（理应包括独具特色的中国讲唱文学）的关系，从外显层次加以观照，人们几乎都可以把握这样一种血缘关系：即它们在创作题材上往往同出一源。同一题材在说书场中或戏曲舞台上以各自的艺术样式加以表演；同时，又在新的基础上，相互吸收对方在处理同一题材时的经验，从而提高了自己的思想艺术水平，这样循环往复，绵延不断，世代不息，大大促进和丰富了小说戏曲的艺术创作经验。此种情况确实构成了我们民族艺术的一种传统。

然而，真正的困难却在于，从深隐层次上去观照戏曲和小说的内在关系，就有着许多有待认真探索的问题。要而言之，如从艺术文化学角度和艺术形态学理解与把握这一问题，就有诸多难点和令人困惑的问题亟待从理论上史料上加以破译。且不说小说和戏曲完全属于两种文类，仅就叙事体和代言体等文体类型来考察，我们就已感到本体研究中的交叉渗透的复杂性。

关于这一点，我国理论界的有识之士已经认同：中国小说文体的基本叙事格局构成了三个层面：一是情节结构的戏剧化；二是形象构成的动作性和视象性；三是情景描述的写意与诗化。这种传统叙事格局也明显地体现了小说家对戏剧化的思维认同。据我看，这种认同，从实践上，李渔的艺趣意识最为明显。他公开地把自己的小说称为“无声戏”，这足够说明，我们的小说家已有了清醒的认识——小说戏曲观念的同一性。

事实也证明，小说创作引进戏剧的艺趣意识，在情节的叙事结构上较大程度地改观了“记实研理，足资考核”，平直、浅露的叙事意向，逐步形成了重剪裁、巧构思，文笔精细曲折，情节描写云谲波诡、跌宕多姿而又合“人情物理”的叙事模式。总之，窃以为，小说思维机制是在两种文体的裹挟和诱发下，出现了流变的态势，而作为中国的戏曲思维也是如此运作的。

中国古典小说

政治史的战争风俗画卷[1]

——浅论《三国演义》

元末明初横空出世的《三国演义》是我国产生较早、影响极大的一部著名的长篇历史演义小说。就其社会影响的广度而论，可以说只有《水浒传》、《西游记》和《红楼梦》能够与之相比。六百余年来，它不仅作为一部典范性的历史小说，被我们整个民族一代一代地不断阅读，得到各个阶层人民的共同喜爱，而且作为我们民族在长期的政治和军事风云中形成的思想意识与感情心理的结晶，对我们民族的精神文化生活产生过广泛而深远的影响。今天，它已被公认为世界名著之一。

1 本文原为为人民文学出版社《世界文学名著文库·三国演义》(2001 年版)所写的“前言”，出版时有删节，本书根据原稿补全。

在中国的全部文学作品中，可以说还没有哪一部作品能像《三国演义》那样与民间文学有着如此密切的关系。根据《三国演义》一书的故事情节改编的各种戏剧蔚为大观，而且大量的民间传说故事也仍然继续流传在极其广大的地区。

《三国演义》描写的政治、军事斗争

《三国演义》以三国历史为题材，刻画了众多的人物形象，描写了百年左右发生的事件，特别是描写了魏、蜀、吴三个统治集团的相互斗争和它们的盛衰过程。小说前八十回主要描写东汉王朝的崩溃、军阀之间的兼并战争和魏、蜀、吴鼎立局面的形成，后四十回主要描写三国间错综复杂的矛盾斗争以及三国统一于晋的历史。从全书的轮廓、线索和人物的主要活动来看，大体同历史相去不远。

但是，《三国演义》不是历史书，而是历史小说。它所反映的社会历史内容已不限于三国一个时代，而是概括和熔铸了上千年封建社会不同政治集团之间争夺统治权的历史内容，作品中所塑造的一系列人物形象，也与历史上的人物有所区别。比如三国时代的屯田制，曹操搞得较好，东吴较差，西蜀更差，但《三国演义》作者为了强调诸葛亮是个精兵善政的人物，就只描写了诸葛亮的屯田措施。又如貂蝉的故事，在陈寿的《三国志·吕布传》中，关于吕布这段私生活只有这样几句话："卓（董卓）常使布守中阁，布与卓侍婢私通，恐事发觉，心不自安。"鲁迅引用的现已失传的《汉书通志》还有下面几句话："曹操未得志，先诱董卓，进貂蝉以惑其君。"《三国志平话》中有貂蝉的故事，但十分简略。作者根据上述两点史料和《三国志平话》上的传说，虚构了王允派遣貂蝉、使用连环计这个有声有色的故事。另外按《三国志》载，鞭打督邮是刘备干的，《三国演义》作者为了刻画张飞的性格，就把怒鞭督邮的事放在了张飞名下。其他像"三顾茅庐""七擒孟获""六出祁山"等，都远远超出史书记载的内容。这是作者根据全书主题的需要所进行的一系列情节和题材的提炼。

《三国演义》描写的重点是封建社会内部各个政治、军事集团之间尖锐复杂的矛盾斗争，作者很少表现和政治斗争没有直接关系的情节。在这里，一切可能出现的斗争方式都出现了，军事的、政治的、外交的、公开的、隐蔽的、合法的、非法的，而且所有这些斗争，都是在漫长的封建统治集团内部斗争所积累起来的经验的基础上进行的。比如刘备就是一个惯用韬晦之计的人物。小说第二十一回写曹操"挟天子以令诸侯"，势力很大，刘备则是寄人篱下，而且参与了“衣带诏”的密谋，准备时机成熟搞掉曹操。曹操自负英雄，野心极大，他看出刘备也非等闲之辈，但还不清楚刘备的志向究竟有多大，策略究竟有多高，对自己的雄图会妨碍到什么程度。他一直在怀疑，如果确实知道刘备志大才高，也想夺取天下，他就要乘刘备还在势孤力弱之际加以消灭。刘备对曹操的这种思想是早已估计到了的，为此处处提防。他知道自己越是表现得目光短浅、毫无大志，就越能减少或消除曹操的疑忌，保全自己，等待时机，以便远走高飞。于是“就下处后园种菜，亲自浇灌，以为韬晦之计”。后来“曹操煮酒论英雄”，刘备假托闻雷失箸，借此使曹操产生了错觉，“遂不疑玄德”了。又如孙权赚杀关羽后，把首级转送曹操，以此嫁祸于魏；而曹操不仅不受其骗，反而“将关公首级，刻一香木之躯以配之，并葬之以大臣之礼”，来表示魏对蜀的好感，使刘备全力伐吴，他好从中取利。孙权看到吴蜀联盟破裂，形势不利于己时，又遣使上书曹操，“伏望”曹操“早正大位”，“剿灭刘备”，表示愿意“率群下纳土归降”。这是孙权转移矛盾、保存自己的策略。而曹操比孙权更胜一筹，指出“是儿欲使吾居炉火之上”。诸如此类的斗争，在小说中是屡见不鲜的。这些斗争策略是由他们的集团利益所决定的。他们为了满足自己权力、财产的欲望，为了使自己在激烈的争夺战中不被消灭，总是玩弄各种手段，演出了一幕幕钩心斗角、尔虞我诈的活剧。

在《三国演义》里还可以看到，各政治集团为了自己的切身利益，几个集团今天分，明天合，今天势不两立，明天却又杯酒言欢。他们既争斗又勾结，而且这种斗争渗透到生活的很多方面，连家庭、朋友、婚姻等都毫无例外地卷入了斗争的旋涡，甚至成为斗争的工具。利用婚姻来达到自己的政治目的，在《三国演义》中不乏其例。王允用貂蝉同时引诱吕布与董卓的所谓“连环计”，便是著名的例子。此外，像袁术想以自己的儿子和吕布的女儿联姻，孙权为夺回荆州，把自己的妹妹当作牺牲品，所有这些都有明显的政治目的。人们从这些人物形象中清楚地看到，贪欲和权势欲如何主宰了封建社会中君臣、兄弟、夫妻、朋友等关系。

战争是政治的继续。《三国演义》表现各个政治集团通过各种方式，运用种种手段，以达到消灭敌对势力的目的，但主要是凭借武装力量，于是战争就构成了他们之间斗争的主要形式。小说中写了大大小小的许多次战役，其中描绘的许多战略战术的运用，大体上符合军事科学的原则，在一定程度上揭示了战争的客观规律。

各个政治集团的代表人物

《三国演义》的历史主题，主要是通过对各个政治集团中的代表人物的描绘具体表现出来的。

《三国演义》的政治倾向是“拥刘反曹”。它选取曹操集团和刘备集团作为主要对立面，并把蜀汉当作全书矛盾的主导方面，把刘备、关羽、张飞、诸葛亮当作小说的中心人物。小说紧紧把握住曹、刘两个集团这条矛盾主线，刻画了曹操和刘备两个对立的艺术形象。

历史上的曹操本来就有狡诈残暴的一面，民间传说和野史已把这一特点突出、夸大。在《三国演义》里，曹操更被成功地表现为一个有着无穷的贪欲和权势欲的阴谋家和野心家。为了夺取政治统治权力，他和历史上许多阴谋家、野心家一样，善于使用伪善的两面派手法。他笼络人心，假行仁义，最初以反对董卓、匡扶汉室的名义取得一些人的信任，并且逐步扩大了自己的势力。比如第三十三回写他强迫百姓敲冰曳船，百姓逃亡，他命令军士捕杀，但又对“投首”的百姓说：“若不杀汝等，则吾号令不行；若杀汝等，吾又不忍；汝等快往山中躲避，休被我军士擒获。”这样，百姓的被杀，就只能怪他们没有藏好，而曹操则是关怀百姓的。又如祢衡当面痛骂过曹操，曹操怀恨在心，找机会叫祢衡去荆州劝说刘表投降，借刘表之手来杀祢衡。而在祢衡临行时，曹操“却教手下文武，整酒于东门外送之”。曹操一贯弄虚作假，玩弄权术。自己的马践踏了百姓的麦田，他玩了一个“割发权代首”的把戏，表示自己也和普通将士一样“凛遵军令”。官渡之战中，许攸脱离袁绍来投奔他时，他表面热情欢迎，实际上却口是心非，步步设防，不肯依赖信任。虽然他一会儿“挽留”，一会儿“附耳低言”，做尽了亲密无间的样子，而跟着来的却是一连串的谎言。总之，曹操明明是个极端的利己主义者，却要装着公而忘私的样子；明明是个凶恶残忍的刽子手，却要显示仁爱善良。

曹操的性格特征是诡谲多变、阴险狡诈、心狠手辣。他为报父仇进攻徐州，“所到之处，杀戮人民，发掘坟墓”。为了镇压在许都纵火的耿纪、韦晃的余党，他在校场上立下红白二旗，下令“如曾救火者，可立于红旗下；如不曾救火者，可立于白旗下”。众官以为参加救火必定无罪，三分之二的人站在红旗下。曹操却说：“汝当时之心，非是救火，实欲助贼耳。”不容分说，把站在红旗下的三百多人全部杀掉。他对部下的残酷狠毒更是无所不至。一次在与袁术作战时，军中缺粮，曹操先命令粮官王垕用小斛发军粮，然后又借杀王垕的头来平息众怒。最令人发指的是他杀吕伯奢的事件：曹操刺杀董卓未遂，投奔吕伯奢庄上，吕盛情款待，他疑心吕不怀好意，竟杀了吕家八口。后来明知是误杀，索性连吕伯奢也一并杀掉。在杀掉吕伯奢以后，他说过两句为后人十分熟悉的话："宁教我负天下人，休教天下人负我。"这是对他，同时也是对极端利己主义者本质的深刻概括。

但是，作者并没有把曹操这个艺术形象简单化。作为一个奸雄、阴谋家和野心家，一个封建集团的代表人物，曹操是被表现得符合他所处的地位的。他不仅具有雄才大略，而且善于用人。他从"方今正用英雄之时，不可杀一人而失天下之心"的观点出发，并没有杀掉被吕布打败而从小沛投来的刘备，并且还让他做了豫州牧；为了争取关羽而一直耐心地对待他。这都说明曹操作为一个封建集团的代表人物，是注意到整个集团的利益的。所以小说中的曹操堪称典型环境中的典型人物。

《三国演义》是把刘备同曹操对比着描写的。刘备以宽仁待民，曹操以残暴害民；刘备待士以诚心和义气，曹操则用权术和机诈；刘备说"我宁死，不为不仁不义之事"，曹操则说"宁教我负天下人，休教天下人负我"。总之，作者在许多地方拿曹操来同刘备做对比，以表现刘备身上的

"美德"，从而把刘备塑造成为一个理想化的"圣君"和实施"王道""仁政"的代表。

诸葛亮是作者倾心赞颂和精心描绘的人物。历史上的诸葛亮本来是一个杰出的政治家，他辅助刘备建立蜀国，打击豪强，任人唯贤，改善与西南少数民族的关系，做出过有益的贡献。但是后代史学家往往注重赞扬他对刘备的忠贞不贰，《三国演义》也从这些方面加以强调。诸葛亮为了报答刘备的"知遇之恩"，竭尽心力为刘备争得了一个争王图霸的地盘，刘备死后，又忠心耿耿地辅佐刘禅，最后积劳成疾，死在北伐曹魏的军营中。

《三国演义》的作者一反正史所谓"亮才于治戎为长，奇谋为短，理民之干，优于将略"[1]的看法，把他描写成为政治、军事、外交无所不能、无所不精的人物，同时还多方面地突出了他的谦逊、谨慎、严于责己的政治家的风度和高贵品质。在刘备和孙权联合的过程中，他和周瑜便是一个鲜明的对比。周瑜也自有他的才能，但他胸襟狭小，嫉贤妒能，常常想杀害才能高出于自己的诸葛亮。他要诸葛亮去断曹操在聚铁山的粮道，目的是想假曹操来杀害诸葛亮。这个暗算自然是被识破了，诸葛亮扬言"周公瑾但

1 《三国志·诸葛亮传》。

堪水战，不堪陆战”，便立即激怒了周瑜。为了表示自己也“堪陆战”，周瑜便决定“自引一万军马往聚铁山断曹操粮道”。这时候本来可以向周瑜报复一下子的诸葛亮却表示：“目今用人之际，只愿吴侯与刘使君同心，则功可成；如各相谋害，大事休矣。操贼多谋，他平生惯断人粮道，今如何不以重兵提备？公瑾若去，必为所擒……”在这里，我们看到诸葛亮顾全共同抗曹这个大局，表明他是有政治原则性，是识大体、有度量的。

《三国演义》对诸葛亮治理内政的法治作风，也做了比较真实的反映。诸葛亮实行法治，赏罚严明。对犯法之人，不管其地位高低，功劳大小，和自己关系亲疏，都要依法惩治。李严是蜀国重臣之一，他在一次督运粮草器械中误了期限，为了逃脱罪责，假传皇帝诏令，叫诸葛亮退兵。诸葛亮了解李严“为一己之故，废国家大事”，立即予以严厉处分。而李严的儿子李丰有才能，他又任命李丰为长史。当然，这种赏罚分明，首先在于诸葛亮能够以身作则。马谡不听他的命令，丢掉了街亭，致使全军失利。他按军法斩了马谡，然后“自作表文，令蒋琬申奏后主，请自贬丞相之职”，并对费祎等人说：“但勤攻吾之阙，责吾之短。”

小说着重表现的是诸葛亮在斗争中的智慧，是他的足智多谋。诸葛亮深深懂得在进行军事斗争时必须同政治斗争配合起来。他善于了解情况，掌握敌人的策略，因时制宜，随机应变。他深谋远虑，因而料事如神；掌握斗争规律，因而能预测事态发展的前景。诸葛亮出山，第一次博望坡用兵，以新野这么小的地方，靠几千人马，居然杀退了夏侯惇十万大军，赢得关羽、张飞的“伏拜”。又如诸葛亮敢于使用“空城计”，就是因为他对司马懿的情况做了认真的分析，知道他了解自己“生平谨慎，不曾弄险”，从而利用这一点，采用了十分“弄险”的疑兵之计，解除了危机。这里不仅看出诸葛亮出奇制胜的指挥艺术，还可以看出他的胆识和魄力。诸葛亮就是这样一个在各种斗争特别是军事斗争中发挥着很大聪明才智的人物。

诸葛亮的这些智慧并不是凭空出现的，而是吸收我国人民在长期复杂的斗争中积累起来的丰富经验的结果。民间谚语“三个臭皮匠，顶个诸葛亮”，正体现了诸葛亮的聪明才智是集体聪明才智的结晶。在民间，诸葛亮几乎成了智慧的化身。

孙权是作者没有着重描写的人物。他的英雄气概比不上曹操和刘备，但能坐保父兄遗业，也不失为一个出色的人才。他对周瑜的倚重，对鲁肃的信赖，以及挑选吕蒙和陆逊作为都督，都显示出他用人的精当。他在许多方面表现出沉着和刚勇，但缺乏政治远见，重视眼前利益，没有统一全国的雄图壮志。孙权是高层统治集团中又一类型的人物。

出色的战争描写和人物塑造艺术

《三国演义》的艺术成就是多方面的，其中以战争描写和人物刻画最为突出。

《三国演义》写的是军事斗争和政治斗争，因此作者在战争描绘上表现了他的宏伟构想。这部小说写了大大小小一系列的战争，展开了一幕幕惊心动魄的场面。这些战争在作者笔下千变万化，不重复，不呆板，各具特点，表现了战争的复杂性和多样性。每一次较大的战争的描绘，作者总是详尽地介绍主将的性格、兵力配备部署和双方力量的对比、地位的转化，以及战略、战术的运用，表现得丰富多彩。虽然战争总是在紧张、惊险、激烈的气氛中进行，但并不显得凄凄惨惨，而是富于英雄史诗的高昂格调。罗贯中这种描写战争的艺术才能，突出地表现在赤壁之战的描写上。《三国志》记赤壁之战极为简略，而《三国演义》则驰骋想象，以八回的篇幅，把战争场面渲染得波澜壮阔、淋漓尽致。在决策阶段，写孙、刘联盟的形成以及孙吴内部和与战之争，处处强调诸葛亮的作用：在双方备战阶段中，作者紧紧抓住曹军不习水战的问题，写周瑜和曹操之间的隔江斗智，曹操两次派蒋干过江，以及遣蔡中、蔡和诈降，都被周瑜识破，并巧妙地加以利用。同时，作者又描述了周瑜的妙计总不出诸葛亮的意料；周瑜嫉妒诸葛亮，想用断粮道、造箭等计杀诸葛亮，结果也一一被识破。这样作者便很自然地写出了诸葛亮的才能、胸怀高过了周瑜。在写交战双方矛盾上，作者较多地依据史实加以铺排；在写周瑜、孔明的内部矛盾上，作者几乎是全凭虚构。

作者不仅善于错综交织地表现矛盾，而且善于在紧张斗争中，用抒情的笔调进行点染，如诸葛亮草船借箭、庞统挑灯夜读、曹操横槊赋诗等“悠闲”插曲。这样山里套山，戏中有戏，推波助澜，逐渐把故事引向高潮。整个赤壁之战的八回书，大起大落，波澜壮阔；而节奏又富于变化，时而金戈铁马、雷震霆击，时而凤管鹍弦、光风霁月；紧张杀伐之际，插入抒情短曲，虽着墨不多，而摇曳多姿。如此布局，极见匠心。

作者写战争不落俗套，有时写短兵相接，有时写战局全面的鸟瞰，疏密相间、错落有致、虚实结合的手法尤臻妙境。对战争的胜利者往往不惜笔墨详尽描写，而对另一方只做简要叙述。赤壁之战详尽描写的是孙、刘一方；官渡之战则多写曹操一方；“安居平五路”，只有一路是实写，其余都是虚写。这样虚实照应，重点突出，省去了许多笔墨。

《三国演义》的战争描写中，还善于把战场的气氛逼真地描绘出来。赤壁之战，作者描绘总攻开始后的情景：

> 火趁风威，风助火势，船如箭发，烟焰涨天……但见三江面上，火逐风飞，一派通红，漫天彻地。

简单几笔浓墨重彩，勾画出火烧赤壁的战争场面，短促有力、富有气势的语言也显示出这场火战的迅猛激烈。关羽水淹七军又是另一番情景：

> 是夜风声大作，庞德坐在帐中，只听得万马争奔，征鼙震地。德大惊，急出帐上马看时，四面八方，大水骤至，七军乱窜，随波逐浪者不计其数，平地水深丈余。

这里通过视觉和听觉，把水战的场面有声有色地描绘出来，使人如临其境。

《三国演义》通过惊心动魄的政治、军事斗争，塑造了一批鲜明生动的人物形象，构成了一幅绚烂多彩的图卷。

作者刻画人物往往通过不同的矛盾冲突，反复渲染人物的主要性格特征。《三国演义》中，最生动的形象之一是张飞。“怒鞭督邮”一段痛快淋漓的描述，使张飞的疾恶如仇、不畏强暴的性格特征跃然纸上。“三顾茅庐”时，诸葛亮草堂春睡，故意装傲慢，张飞看不顺眼，便说：“等我去屋后放一把火，看他起不起。”后来曹操想借刘备之手杀掉吕布，张飞就真的去杀吕布，而且大叫说：“曹操道你是无义之人，教我哥哥杀你。”吕布无疑是个见利忘义的小人，张飞则是疾恶如仇，但不顾当时斗争的实际情况和实际需要的盲动，则又一次显示了张飞的心直口快、粗豪莽撞而内心又十分单纯的性格特征。张飞虽然粗豪，但粗中有细；虽然莽撞，却从善如流。他初见诸葛亮做军师不服气，等到旗开得胜就立即下马伏拜。他初到耒阳县见庞统怠职，便勃然大怒；等看到了庞统判案，立即就称赞他的才能。作者反复渲染，使“快人”和“莽张飞”的主要特征鲜明地显示了出来。

《三国演义》还善于通过渲染气氛和用对比、陪衬的手法，表现人物的精神面貌和性格品质。如关羽斩华雄，作者开始极写华雄的勇猛善战，一出马就连斩对方四员大将。至写关羽出战后，不具体描述交战经过，只写关外鼓声、喊声如地塌山崩，正当人们为关羽担心的时候，关羽已提华雄的人头掷于地上，出马前酾下的那杯热酒尚有余温。

在这里，关羽的威风气势和勇猛善战的形象，都充分地表现了出来。

又如写“三顾茅庐”，刘备两次都没见到诸葛亮，而作者写其来去途中遇到的诸葛亮的朋友、弟弟、岳父，写卧龙岗的农夫、山光水色以至流传的歌曲，却无一不是写诸葛亮。诸葛亮虽然迟迟没有出场，可是作者借助于环境、气氛的描写，使读者心中隐然已有个品德高、才能大的诸葛亮的形象了。到刘备第三次去卧龙岗见到了诸葛亮，“隆中对策”一席话，就更加使得诸葛亮的性格鲜明突出，给读者以深刻的印象。对“三顾茅庐”前前后后的描写，刘备的求贤若渴和谦恭态度，关羽的自负和冷静观察，张飞的豪爽和鲁莽行事，彼此相互照应，又都是为了陪衬诸葛亮。这种人物描写的手法，标志着我国古典小说在人物塑造上的新拓展。

《三国演义》的艺术结构，既宏伟壮阔，又不失严密和精巧。全书记述时间漫长、人物众多、事体复杂、头绪纷繁，既要照顾历史事实的基础，又要适应艺术情节的连贯，但作者却能以蜀汉为中心，抓住三国矛盾斗争的主线，有条不紊地展开故事情节，既曲折变化，又前后贯穿，宾主照应、脉络分明、布局严谨，从而构成了一个基本完美的艺术整体。

《三国演义》吸收了史传文学的语言成就，并加以适当的通俗化，这就达到了历史小说“文不甚深，言不甚俗”[1]的标准，具有简洁、明快而又生动的特色。

总之，《三国演义》除了给人以阅读的愉悦和历史的启迪以外，它更是审美化的历史的政治的史诗。这样的史诗，本来就是多层次、多侧面的，“横看成岭侧成峰”，但它的主题意旨和弘扬的是：民心为立国之本，人才为兴邦之本，战略为成功之本。正因如此，《三国演义》在雄浑悲壮的格调中，弥漫与渗透着的是一种深沉的历史感悟和富有力度的反思。它绝非有的学者所言“是一部权术、心术大全”。[2]

---

1 （明）蒋大器《〈三国志通俗演义〉序》。

2 参见《读书》2005 年第 7 期。

《水浒传》的民族审美风格[1]

“民族审美风格”这一题目本身就决定了必须回归文学本位，回归文本，即完全以文学审美性视角来观照这部伟构。

选择了这个题目，我知道讲明白的难度很大。我们过去分析小说戏曲这些叙事文体，大多是谈艺术性中的这样几个元素：典型人物的塑造，结构布局，语言艺术。这样的模式的讲述已经有半个多世纪了，能不能突破？要不要突破？这是难题之一。难题之二是文化热中，文学研究领域中的“文化研究”几乎排斥了文学审美性的分析。我们能不能真正回归文学本位，能不能回归文学文本，做审美的解读？我们的前辈美学大家宗白华先生在《我和艺术》

1　本文原为笔者 2009 年 12 月 10 日在浙江绍兴文理学院“风则江大讲堂”的发言纲要。

中强调："美学就是一种欣赏。美学一方面讲创造，一方面讲欣赏。创造和欣赏是相通的。创造是为了给别人欣赏，起码是为了自己欣赏。欣赏也是一种创造，没有创造，就无法欣赏。"宗先生这一审美欣赏的经验总结，不但揭示了中国美学的特殊研究法，而且扎实地立足于面向文学艺术真实的欣赏。然而今日之"文化研究"，严格地说只是一种综合性的文化研究，而丢掉的恰恰是文学的审美性。我们的历史学太强大了，文化研究往往变成了历史的社会的研究，而文学研究能否回归文学本位？文学能不能回归文本？这是今天我感到最有挑战性的问题。这么说，不是把文学的审美研究拉回到原有旧模式、旧框框中去，而是需要花大力气，把我们的审美视线启开，真正着眼于艺术美文的本质特征上来，着眼于文学本体的特点和规律上来，而不是仅仅着眼于跟文学相关的其他社会文化现象上去。明乎此，回归文本则必是回归文学本位的题中之意，是必然的。要想对任何一部文学作品进行审美观照，回归文本乃是第一要义。

一、小说文体和类型述略

建立在回归文学本位和回归文本的基点上，必然要对文学文本的文体和类型有一个明晰的认识。

《水浒传》是长篇小说，是中国特有的文体类型：章回小说。从宏观小说诗学角度来观照，史诗性小说是一个民族为自己建造的纪念碑，它真实地描绘了民族的盛衰强弱、荣辱兴亡。深一层次地说，史诗性的长篇小说是小说家们叙写的民族心灵史，经典文本也就是大师们留下来的精神遗嘱。因此，鲁迅才把它称为“时代精神所居之大宫阙”。英国作家劳伦斯把长篇小说称为各种文体的“最高典范”。法国作家莫里亚克也把长篇小说称为“艺术之首”。最有意味的是昆德拉那本流传得很远的《小说的艺术》一书中，曾反复述说奥地利作家布罗赫的那句小说定理，即“小说唯一存在的理由是‘发现’唯有小说才能发现的东西”。小说发展史证明：墨写的审美化的心灵史比任何花岗岩建筑更加永久而辉煌。

在中国，明清章回小说则开启了中国成熟的长篇小说的先河。明清章回小说应当说是中国文学发展史上最辉煌的成果。文体确立后，当然是小说类型。中国长篇小说，从明代开始奠定了四大类型：历史演义、英雄传奇、神魔故事和世情小说。这四大小说类型各自有自己的格局，《水浒传》是英雄传奇的开山之作。

英雄传奇又有四种类型：一是描写官逼民反，着重写反对暴政的侠义英雄，如《水浒传》和《后水浒传》等；二是描写抗击侵略，保卫疆土，如写民族英雄的“杨家将”和“说岳”系列；三是写发迹变泰，写出身寒微后来成就帝业的，如《飞龙全传》等；四是写草莽英雄，从反抗官府压迫开始，后来转而追随“真命天子”去打江山，如《隋唐演义》等。这四类中，当然以第一种为最上乘者。

二、叙事格局与命意

我前面的铺垫意在说明：《水浒传》的审美特色是中国古代小说的民族风格和民族气派最突出最强烈的。无论从文体、从类型上说都最具代表性，而从叙事上说则更有特色。

在以上分析的基础上，让我们以小说文本为依傍，去感悟《水浒传》的民族审美风格吧！

《三国演义》和《水浒传》在中国小说史上的出现，是一个奇特的现象。曾有人将二者合称为一书，名曰《英雄谱》。这两部小说，一写据地称雄，一写山林草莽，都把英雄的豪气做了深刻而富有社会意味的描写。尽管这两部鸿篇巨制的美学风格与气韵风味迥然不同，然而却是共同生根在中国土地上，并汲取了中国文化的深厚滋养而成长起来的两株参天大树。

现在我们捧读《水浒传》时，会感到一种粗犷刚劲的艺术气氛扑面而来，有如深山大泽吹来的一股雄风，使人顿生凛然荡胸之感。它豪情惊世，不愧是与我们伟大祖国和中华民族相称的巨著。据我所知，外国作品中除有一部《斯巴达克斯》写奴隶起义的，其影响有限外，在世界小说史上还罕有像《水浒传》这样倾向鲜明的、规模巨大的描写人民群众的抗暴斗争的长篇小说，这在世界小说史和中国古代小说史上应当说是个奇迹。

作为文化符号的《水浒传》的作者施耐庵，他的小说智慧绝不可低估。他一方面有深切的人生的新体验，在元末明初民族抗暴斗争的实践中，他勇敢地把草泽英雄推上了舞台，机智地写出“逼上梁山”和“乱自上作”的过程，在广阔的领域内反映了宋元之际的社会生活。施耐庵以“一百单八将”为重心，以梁山泊英雄起义的发生、发展、高潮直至衰落失败为轴心，揭示了现实政治的黑暗，反映了群众性抗暴斗争的正义性和广大群众的社会理想，同时也写出了古代人民抗暴斗争的历史局限性和悲剧的必然性。

《水浒传》的结构布局，特别是它的叙事格局，往往被很多学者质疑，一是说它是从“小本水浒”拼凑过来的，没有一个整体的构架，只是一个一个地写几个代表人物；

一是说它只能像后来的《儒林外史》那样，写出几组人物，如同一个个短篇。两者意见雷同，都是认为它不像《三国演义》那样以历史为线索，有条有理地顺序写下来。这个问题，我要作为第一个问题提出，即施耐庵这位小说家他是站在理性的高度，以审美感性的方式演绎时代的大事件。他的精心结构，就在于它与《三国演义》那种史诗化写作相反，《水浒传》走的其实恰恰是一条景观化历史的道路，即一个人物就是一个景观。比如林冲的故事，武松的故事，鲁智深的故事，宋江的故事，这些个人的故事，一经串联就是一部“史”了。所以《三国演义》和《水浒传》虽然都是历史故事化，但《水浒传》是景观化历史的写法，所以它不同于《三国演义》。《三国演义》不可能有“风俗画”，而《水浒传》却把社会风俗画的素材和原汁原味的资料作为必要的资源，因为它不是像《三国演义》那样写帝王将相，而是着眼于平民，着眼于民间，着眼于中下层，着眼于受苦人、不平者和各色游民。于是那个粗略的“历史”就被转换成可以随着自己的审美理想进行想象力充沛的塑造和组合，随各自的需要剪裁、编制历史记忆中的意象，并巧妙地转化成眼中一幅幅纯粹的风俗画，纯粹的波澜壮阔的风景线。施耐庵真正的伟大之处就在于此，他把过去的历史演义更进一步地文学化，把历史事件、历史故事演绎成了更有文学意味的小说艺术。原来，历史就是历史，文学就是文学，文学可以体现历史精神，但无意代替历史。这是小说观念的一大进步。这就证明一个重要的小说审美意识的规律：小说家无论面对何种形态的历史生活，一旦进入文学的审美领域，就为其精神创造活动的表现提供了一种契机，尽管这种契机具备选择的多样性，但绝不成为严格意义上的历史，更不是历史的附庸。总之，无论《三国演义》还是《水浒传》都不是要再现历史，而是要表现历史。它们只是“史里寻诗”，即从历史中发现文学性。文学永不是史学。高明的文学家、小说家有历史感就足够了。没有历史感，也就无法写出历史题材的作品，这是事实。明乎此，我们就知道了《水浒传》的结构主线，正是通过景观化把起义英雄一个一个、一股一股、一组一组地去写，写他们如何从四面八方百川入海式地汇集到梁山泊，形成一支强大的武装部队，攻城夺府，同宋朝政府对抗。这种结构布局就突出了“乱自上作”和“官逼民反”，而小说正是通过展示这幅规模宏大、惊心动魄的民族抗暴斗争的历史画卷，倾向鲜明地歌颂和表现了可以陈列满满一个画廊的群众英雄的典型形象，他们的神韵，皆在这景观化和景点上得到充分展示，这些草莽英雄的起义道路，也得到了充分地展示和卓越地体现。小说家的智慧，小说技巧的智慧充分得到具象的传达，使一切接受者热血沸腾！

所以在第一个问题明确后，我们会理解到：这种单线又交叉发展的结构法，每组情节既有相对的独立性，又是一环扣一环，环环勾连，逐步发展到梁山泊英雄大聚义。同时这种从主线出发，又和小说的主题意旨契合，也就是说通过不同英雄好汉的不同命运，最后都是逼上梁山，从而从不同渠道展示起义斗争的广阔画面，它真的像百川汇海一样，由分而合，推向声势浩大的梁山英雄大聚义的高潮。

以上说的是研究《水浒传》审美风格特色的前提。

三、《水浒传》的总体审美风格

那么，我们在读《水浒传》时，对其总体民族风格是怎样感受的呢？

《水浒传》反映了时代的风貌，也铸造了独特的艺术风格，即我们民族精神中重要的阳刚之美。它线条粗犷，不事雕琢，甚至略有仓促，但让人读后心在跳，血在流，透出一股迫人的热气，这就是它的豪放美、粗犷美。它没有丝毫的脂粉气、绮靡气，而独具雄伟劲直的阳刚之美和气势。作者手中的笔如一把凿子，他的小说是凿出来的石刻，明快而雄劲。它的美的形态特点是气势。这种美的形态是从宏伟的力量、崇高的精神中显现出来的，它引起人们十分强烈的情感：或能促人奋发昂扬，或能迫人扼腕悲愤，或能令人仰天长啸、慷慨悲歌，或能教人刚毅沉郁、壮怀激烈。《水浒传》的气势美，就在于它显示了人类精神面貌的气势，而小说作者所以表达了这种气势美，正是由于他对生活中的气势美有独到的领略能力，并能将它变换为小说的气势美。

《水浒传》标志着一种英雄风尚。这种英雄文学最有价值的魅力就在于它的传奇性，我们很难忘却李逵、武松、鲁智深、林冲这些叱咤风云的传奇人物。在这里我们看到的是一个刚毅、蛮勇、有力量、有血性的世界。这些主人公当然不是文化上的巨人，但他们是性格上的巨人。这些刚毅果敢的人，富于个性，敏于行动，无论做什么都无所顾忌，勇往直前，至死方休。在他们的传奇故事里，人物多是不怕流血、蔑视死亡、有非凡的自制，他们几乎都是气势磅礴、恢宏雄健，给人以力的感召。这表现了作者的一种气度，即对力的崇拜，对勇的追求，对激情的礼赞。它使你看到的是刚性的雄风，是人性的严峻的美。

四、《水浒传》民族审美风格的四大特点

《水浒传》的这些美学风格得以出色体现，源于作者美的传达和美的表现的艺术技巧，这就是传奇性、传神、白描和意境。这些特点烙印着民族特定历史精神生活的印迹，是在长期发展的艺术传统中逐渐培植形成的。

首先谈传奇性。中国古代叙述文学中的小说、戏剧、说唱，统称传奇。传奇者，以情节新奇、丰富、多变为特色。《水浒传》等诸多小说的传奇性，正是传统审美意识在小说艺术中的突出特征。传奇就意味着艺术在对生活的把握中，摒弃那些平凡的、了无生气的素材，而撷取那些富于戏剧性的、不一般的、跌宕多姿的生活，并以巧合即诸多偶然性的形态显现。它总是通过曲折复杂的故事情节或直接或暗示出生活中特异的事件和超乎想象的变异，从而把故事展示出来。鲁智深的故事，是通过三拳打死镇关西、大闹桃花村、火烧瓦罐寺、大闹野猪林，特别是倒拔垂杨柳等一连串惊人的情节和细节，描绘了这位英雄人物不平凡的经历和英雄性格。而武松的传奇故事，又是通过景阳冈打虎、斗杀西门庆、醉打蒋门神、大闹飞云浦、血溅鸳鸯楼等情节勾画出这位大英雄另一种极度奇异的生平故

事。作者正是通过这些曲折复杂的故事，把英雄人物放在冲突的焦点上，并以他为矛盾冲突的中心，随着故事，亦即矛盾冲突的推进，环环紧扣，一浪接一浪，逐步把不平凡的曲折故事叙述出来，而英雄好汉的丰富的性格特征及英雄本色又被鲜明、活泼地揭示出来。《水浒传》这种注重掌握丰富的情节和奇异情节的描写，就把中国小说善于编织传奇性故事的技巧向前推进了一大步。所以你看《水浒传》，绝无一览无余、看头知尾的毛病，很少有板滞枯涩之痕迹。小说的大部分，特别是英雄人物史的故事编织，大都夭矫变幻，摇曳多姿，即使情节的一个片段，也往往是一波三折，极尽曲折之能事。至于"无巧不成书"的运用，则充分把奇与巧的辩证的艺术思维处理得十分自然，巧则奇，奇则巧，"奇"才能传，"巧"才能书。传奇之奇，是出"奇"制胜；"巧"则是"山重水复疑无路，柳暗花明又一村"。由此，我们可以在中西小说比较中得出一个相对的规律性现象，即：西方小说，是以写人为主，人中见事，是擅长于追魂摄魄地刻画人物心灵流变的辩证法；而我们的古典小说，以《水浒传》为标志，则侧重于记事，事中见人，是善于声情并茂地展示事物发展过程的辩证法。简单地说，他们善于雕刻心灵，我们则善于编织摇曳多姿的故事。当然这只是相对而言。

其次，《水浒传》的审美风格，也是它把美感的民族传统贡献于世界小说艺术宝库的，除传奇性外，还有传神。古今中外，文艺创作共同的审美目标都是力求突破事物的外壳而把握事物的精神实质。中国则是在审美范畴中提出了“传神”、“形神兼备”和“神似”的概念。《淮南子》就提出过要反对“谨毛而失貌”。白居易提出“形真而圆，神和而全”，既要达到形似，又要达到神似。东坡先生谓：“论画以形似，见与儿童邻。”这种艺术理念都渗透到我国小说艺术中了。比如明胡应麟在称道《世说新语》时就说，“晋人面目气韵，恍然生动”，达到了形神毕肖。而托名李卓吾批评的《水浒传》第三回评语也说：“描画鲁智深千古若活，真是传神写照之妙手。”鲁迅赞扬《水浒传》好汉之诨名：“正如传神的写意画，并不写上名字，不过寥寥几笔，而神情毕肖。”从这里可以知道，传神具有以下几项原则：1. 在抓住事物的运动和人物的行动中，把握人物的性格特质。2. 行文力求简洁明晰，英爽流畅，神韵飞扬。3. 抓住人物最突出最本质的特征，贯彻其余、支配其余的原则。正如歌德所说：“显示特征的艺术是唯一真正的艺术。”忽视了特征，也便忽视了真实性，传神手法便成了空架。茅盾在总结中国文学的民族形式时说，人物形象塑造是“粗线条的勾勒和工笔细描相结合”。前者常用以刻画人物性格，使人物通过一连串的故事表现人物性格，这一连串的故事通常使用简洁有力的叙述笔调；后者则用以描绘人物的声音笑貌，即通过对话和小动作来渲染人物的风度。这很像齐白石画的虫草，自然的树木花草往往用写意，但蝉、蚂蚱、蜻蜓则是工笔细描，二者结合得天衣无缝。

《水浒传》英雄形象的成功塑造，得力于传神写照。前人曾有“水浒一百零八人，人人面目不同”的说法，这话言之过甚。不过，全书至少有十几个到二十个个性极其鲜明、精神气韵达到出神入化境界的典型的人物，这确是事实，他们完全可以陈列满满一个画廊。

总之，传神的关键正在音容笑貌，在通过对话和细节乃至一个小动作中显现出来。举个大家熟悉的例子，小说写林冲的逼上梁山是最成功也是最典型的，他始终在“忍”与“不能忍”的冲突中经历着心灵上的痛苦。大家记得，高衙内第一次调戏他的妻子时，他拨过高的肩头，一看竟是本官的儿子，那举起要打的手就不由自主地垂下来。这个细节把林冲开始时的隐忍和逆来顺受写得非常准确，也非常传神。直到后来，高衙内第二次调戏他妻子，他又误入白虎节堂，中计被捕，发配途中几乎被害，他仍然委曲求全，直到火烧草料场等一系列情节，使林冲与高俅的矛盾愈演愈烈，直至山神庙前手刃陆谦、富安。真是几经挫折，接受了血的教训，林冲被逼上梁山，一直到在梁山火并王伦，林冲的性格才完整地体现了出来。林冲的性格发展和心路历程，在小说中可以说是写得最成功的，人物的精神气韵也最完满地展示了出来。

其实，《水浒传》中的传神写照，又往往似不经意却又甚见功力地用人物语言的高度个性化传神地表现了人物的经历、修养、个性、身份、地位。比如往往被人忽略的第七十一回，武松、李逵和鲁智深三人都是反对招安的，但三个人的神态、话语和动作截然不同。武松直爽而诚恳，李逵莽撞，鲁智深粗中有细，这是小说中多次显现的。但在反招安的情节中，小说作者是用画龙点睛法揭示人物的精神面貌。武松在“叫”；李逵不仅“大叫”，而且“睁圆怪眼”，说完话还一脚把桌子踢起，跌成粉碎；而鲁智深却是在“道”了，话里话外都讲的是个道理，语调凄凉。三个人反招安，但“反”的程度不同，认识也不同，这样写，是从性格出发，而又用特殊的话语和细节来传达，于是真正做到了“传神写照”“形神兼备”。这就是画论中说的“迁想妙得”，即浑然天成的境界。

怎样才能使小说通向“传神”的艺术彼岸？这里我们就讲《水浒传》的白描手法，这种手法也是我们民族美感贡献于世界小说艺术的一大特色。

中国小说点评者常说“白描入骨”“白描追魂摄魄”。白描和传神的统一，就是“体物传神”，这是我国小说传统中的一个审美目标。本来“白描”起源于传统中国画中的“白画”，在花卉和人物画中被广泛运用。它纯用墨线勾勒，不加彩色渲染，形象地描绘人物的音容笑貌的特征，有意识地留下空白，启迪观众的艺术想象空间。中国古典小说艺术家则创造性地把绘画中的白描运用于叙事性的创作中，并达到了完美的程度。鲁迅说：“‘白描’却并没有秘诀。如果要说有，也不过是和障眼法反一调：有真意，去粉饰，少做作，勿卖弄而已。”这里说的有两层意义：第一层含义是要求明快、简洁，不拖泥带水，具有一种单纯美。第二层含义则是简洁、明晰，而且要真切和微妙，显出一种黑白对比的力量美。你看《水浒传》开头，写“九纹龙”史进，本来不是小说的重点，但纯用白描手法，写来如此传神，并且如此干净利落：

> 只见空地上一个后生脱膊者，刺着一身青龙，银盘也似一个面皮，约有十八九岁，拿条棒在那里使。

这个例子也许并不典型，但作者运笔简练，显示了作者笔底的功力。他极简省地勾勒了人物的侧影，然而通过这一白描手法却点出了人物的神韵风貌，给读者留下一个英气勃勃、好动、逞强的少年英雄形象。这个人物的肖像描绘，不仅富有质感，而且有韵味。

总之，白描是一种写意，因此，《水浒传》中对人物形象的勾勒，常常是写意人物形象的主要特征，以虚带实，造成一种艺术空白，给读者以想象、联想的余地，从而在再创造时补充形象的全貌。因此，我们说《水浒传》把美感的民族传统贡献于世界小说艺术宝库的还应有白描手法的单纯美，这绝非过誉之辞。

最后是意境美。意境乃是中国诗歌艺术的基本审美范畴，而对小说艺术如何理解？小说艺术的意境美在哪儿？《水浒传》又在何处有意境？它又是如何体现这种诗意的意境美呢？

《水浒传》的意境美，一言以蔽之，乃是小说的白描和传神艺术的完整化，是诗对小说的积极渗透。

我国是有着“诗国”之称的国家。从《诗经》始，诗歌已有数千年的历史，其他文艺无不得诗的滋养，它的触角伸向各个艺术领域。

给我印象最深的是鲁迅先生在编辑《唐宋传奇集》时，他的“序例”说“藻思横流，小说斯灿”，就如此深刻地谈到唐传奇的诗的意境正是诗之意境渗透的结果。

现在我们具体分析《水浒传》中两个大家很熟悉的例子。

第一个例子是第十回“风雪山神庙”，写林冲去草料场的场面：

> 正是严冬天气，彤云密布，朔风渐起，却早纷纷扬扬卷下一天大雪来……出到大门首，把两扇草场门反拽上锁了，带了钥匙，信步投东。雪地里踏着碎琼乱玉，迤逦背着北风而行。那雪正下得紧。[1]

大家看，小说叙事的诗意就在于《水浒传》作者不是静止地孤立地描绘自然景物和分析人物心态，而是紧密地配合着情节的进展，是用林冲这个流放者的眼光观察风雪交加的天气和陌生住处，并且随时介绍周围环境引起他的思绪的变化，这样就以浓烈的萧瑟凄凉的气氛，很好地衬托了他的委曲求全和忍辱负重的心情，从而造成了情景交融的诗的意境。

第二个例子，就是小说第三十六回写宋江的一段故事。这个例子的诗意不是依靠一大段的风景描写，只是在紧要处点染几笔，起到“画龙点睛”的烘托作用。

---

1 着重号为笔者所加。

宋江被穆家兵赶到了浔阳江边，正在危急之际，忽然从芦苇荡里摇出一只船来，宋江便向艄公求救。不料那艄公张横亦是个强徒，拿出刀来竟要请他吃“板刀面”。正危急时，对面摇来另一只船，那船上的大汉李俊同张横原是一路，却也是宋江的朋友。他见张横，问起情由，疑那将被害的可能是宋江，便“咄”的一声喊了起来。作者描写这个惊奇场景时写道：

> “咄！莫不是我哥哥宋公明？”宋江听得声音厮熟，便舱里叫道：“船上好汉是谁？救宋江……”那大汉失惊道：“真是我哥哥，早不做出来！”宋江钻出船上来看时，星光明亮，那船头上立的大汉正是混江龙李俊。

对于这一段描写，清代著名小说戏曲批评家金圣叹认为，尤其“妙不可说”的是“钻出船上来看时，星光明亮”这十一个字。他说这十一个字“非星光明亮照见来船那汉，乃是极写宋江半日心惊胆碎，不复知何地何色，直至此忽然得救，而后依然又见星光也。盖吃惊后之奇喜也”。金圣叹的分析确实入木三分：作者避开了正面描写宋江的喜悦心情，而是以景来烘托暗示，言简意赅，含蓄隽永而又紧凑利落。我们可以想象，对于这个场面完全可以有不同写法：可以荡开去细致刻画先惊后喜、由悲转喜的戏剧性变化引起的人物的心理活动；也可以捕捉这一过程中人物的种种表情、动作和姿态等。但这种描写即使是成功而出色的，让人感到别有滋味，别有情趣，也很难有这么紧凑利落自然传神的效果。叙事小说的意境正在此，诗与事的紧密结合是小说意境之上乘也。

无论是传奇性、传神、白描，还是意境，再有就是未分析的语言，鲁迅的一句话已足以说明其水平和审美风格：“《水浒传》和《红楼梦》的有些地方是能使读者由说话看出人物的。”

智慧的较量[1]

——读《西游记》

公元 15—17 世纪，对于中国小说艺术发展史来说，是一个令人瞩目的历史时期。这个时期，小说开始往纵、横两个方向延伸，展现了色彩斑斓、标新立异的繁盛景象，长篇、短制、文言、白话，构成了一个惊人的小说奇观，小说世界已蔚为大观。世称的“四大奇书”:《三国演义》《水浒传》《西游记》《金瓶梅》都产生于此时。它们都是耸立于艺术群山中的高峰，其中被鲁迅称为“魁杰”“巨制”的神魔小说《西游记》，就是吴承恩终其一生对中国小说史、也是对世界小说史奉献出的伟大的瑰宝。

1　本文原为何满子先生主编的《十大小说家》上海古籍出版社（1989 年版）中的一篇。

吴承恩的才艺

没有吴承恩，自然没有《西游记》；但没有《西游记》，也就不会有我们今天所理解的吴承恩。事实上，他们是互相创造的。在“四大奇书”中，也许《西游记》是最幸运的了。因为今天我们所掌握的它的作者吴承恩的生平资料，远比其他三部小说的作者都翔实得多。

吴承恩，字汝忠，号射阳山人。先世安东（今江苏涟水人），后徙淮安山阳（今江苏淮安县）。约生于明孝宗弘治十七年（1504），约卒于明神宗万历十年（1582）。根据吴承恩手撰《先府君墓志铭》可以考见他的家世，特别是他父亲的事迹。他的高祖叫吴鼎，布衣。曾祖吴铭曾任浙江余姚（今浙江余姚市）县学训导，祖父吴贞做过浙江仁和（今浙江杭州市）县学教谕。其父吴锐，因年幼失怙，家贫，仅读社学，未能走上科举功名的道路，与徐氏结婚后，就继承了岳父家的事业，以经营绸布为生，虽身为商人，却“自《六经》诸子百家莫不浏览”，读至“屈平见放”、“伍大夫鸱夷”、诸葛亮“出师不竟”、檀道济“被收”、岳武穆“死诏狱”等，“未尝不双双流泪也”。吴锐又“好谭时政，意有所不平，辄抚几愤惋，意气郁郁”。这里显示了吴锐是一位颇有怀抱的人物。这样的家庭和父教，对吴承恩无疑会产生重要影响。

吴承恩自幼聪颖慧敏。陈文烛《花草新编·序》谈到吴承恩幼年情况有一段生动的描述：

> 生有异质，甫周岁未行时，从壁间以粉土为画，无不肖物；而邻父老命其画鹅，画一飞者，邻父老曰："鹅安能飞？"汝忠仰天而笑，盖指天鹅云。邻父老吐舌异之，谓汝忠幼敏，不师而能也。比长，读书数目行下。督学使者奇其文，谓汝忠一第如拾芥耳。

吴承恩在少年时代就以文名冠于乡里。吴国荣《射阳先生存稿跋》中说"射阳先生髫龄，即以文鸣于淮"；明天启年间（1621—1627）修的《淮安府志》也说他"性敏而多慧，博极群书，以诗文下笔立成……复善谐剧，所著杂记数种，名震一时"，后来清代的《山阳县志》和《山阳志遗》也都说他"英敏博洽，为世所推"。

吴承恩少年时代就爱好神奇的故事传说，他在《禹鼎志》的自序中说：

> 余幼年即好奇闻，在童子社学时，每偷市野言稗史。惧为父师呵夺，私求隐处读之。比长，好益甚，

闻益奇。迨于既壮。旁求曲致，几贮满胸中矣。

他还喜读“善模写物情”的唐人传奇，这些成为吴承恩后来写作《西游记》的起跑点，它为《西游记》的撰著做了必要的文学准备。

吴承恩不负父、师期望，较早地进了学，从他的文才来看，中举人，成进士，本不应成问题，但偏偏中了秀才后，即屡试不售，困顿场屋，蹭蹬穷年。嘉靖二十三年（1544），吴承恩已到中年才补得个岁贡生，又过了差不多七年之久，才到北京吏部候选，结果只获得了浙江长兴县丞的卑微官职。他接受这个任命是极不情愿的。吴国荣在《射阳先生存稿跋》中称：“（吴承恩）屡困场屋，为母屈就长兴倅。”这是确凿的原因：母老家贫，中举无望，才使他出任了这样一个与他思想性格极不协调的职务。然而吴承恩的政绩还是不错的，他不贪污自肥而又工作勤恳。陈文烛《花草新编·序》中说他“恬淡自守，廉而不秽”，他不愿改变自己的傲岸性格以屈从长官意志，始终保持着刚直的风骨。

对于一个诗人来说，忠实于自己的感受和发现，就意味着忠实于自己的诗魂。在众多的歌唱中，吴承恩的著名长歌《二郎神搜山图歌并序》是一首气势伟岸的诗，也是他全部诗作中的一组强音符。他以纵横捭阖、浑浩奔放的笔触，为我们展现了一幅神话中二郎神搜山，使魑魅魍魉、狐猴虺龙或断头授首，或束手就擒的奇幻景观。这些狐妖虺龙就如《西游记》中的魔怪一样，诗人联想到它们就是人间黑暗邪恶势力的幻化，恨不得把它们斩尽杀绝。这诗的感情和时空的广阔，一定程度上概括了一个灾难的时代。因此，这首诗应该看作是吴承恩向一切封建统治和腐烂没落的社会发表的抗争檄文。

吴承恩久经动乱后，也许发已斑白，但是豪情与诙谐依旧，保持着刚直傲岸的风骨，他没有在悲哀中消沉，其《送我入门来》一首词可看作吴承恩整个人生态度的自我表白：不为贫穷的处境、困顿的遭遇、世人的白眼、炎凉的世态所屈服，在严霜积雪的酷寒中，信心百倍地“探取梅花开未开”，它可视为诗人的自况。这洁白芳香的“梅花”，正象征着他那高洁的人格，也象征着他自己从事的文学事业。他的诗和他的小说一样，是以乐观意识为轴心，或者说，终以乐观的调子完成悲哀的美。

诗人有幸，他不仅能以健笔参与了中国小说史创造的巨大工程，而且能以他的诗篇保留下历史巨变时代的动人场面和音响。

“西游”故事的演变

在我国文学史上，一个带有规律性的现象是：小说、讲唱文学和戏曲艺术有着不可分割的血缘关系，其中纽带之一是在创作题材上往往同出一源或是相互“借用”。杰出的作家还能在这种“借用”的基础上，进行创造性的改编，翻演为新篇。宋元以来，瓦舍、勾栏遍布京师和一些大城市，更为小说、讲唱文学和戏曲艺术在题材上的相互借鉴提供了广阔的园地，开凿了多条渠道。由此，同一题材在说书场中和戏曲舞台上以各自的艺术样式进行表演。

吴承恩在《西游记》中，创造了一个属于他自己的独特艺术世界。但是它的题材和基本情节又不是他的首创，它的产生过程和其他优秀的古典小说《三国演义》《水浒传》等相类似。

作为《西游记》主体部分的唐僧取经故事，是由历史的真人真事发展衍化而来。唐太宗贞观三年（629），青年和尚玄奘[1]独自一人赴天竺（今印度）取经，跋山涉水，历尽艰难险阻，经历了当时一百多个国家，走了几万里路，

---

1 俗姓陈，名讳。法名玄奘，取经归来先后于长安弘福寺、大慈恩寺等寺院翻译佛经。

至贞观十九年（645），取回佛经六百五十七部。这一惊人举动，震动中外。归国后，玄奘组织译场，从事佛经的翻译工作。玄奘在取经过程中所表现的坚定信念、顽强意志，令人敬仰。他所身历目睹的种种奇遇和异国风光，对人们具有极大吸引力，他的行为和见闻本身就具有不同寻常的传奇色彩。于是他奉诏口述沿途见闻，由门徒辩机写成《大唐西域记》。以后他的门徒慧立、彦琮为了夸大师父的宏伟业绩，弘扬佛法，在《大唐大慈恩寺三藏法师传》中，穿插了一些灵异传说，不过传文的基本面貌仍然是历史传记，而不是佛教的灵异传。取经故事的真正神奇化是在它流入民间以后，越传越奇，以至离历史上的真实事件越来越远。在《独异志》《大唐新语》等唐人笔记中，取经故事已带有浓厚的神异色彩。据欧阳修《于役志》载，扬州寿宁寺藏经院有玄奘取经壁画，可知取经故事在五代时已流布丹青。

在这个时期，值得注意的是《大唐三藏取经诗话》的产生。刊印于南宋时期的《大唐三藏取经诗话》，是保存下来的晚唐五代寺院俗讲的底本。《大唐三藏取经诗话》已经开始把许多传说故事与取经故事串联起来，初步具备《西游记》故事的轮廓。全书分上、中、下三卷，内容记叙唐僧一行六人往西天时遭遇各种精怪的折磨，情节离奇，但不曲折。其主旨则在宣扬佛法无边、逢凶化吉。其中所经历的个别国度如女儿国，少数处所如大蛇林和深沙神处，能使人联想起《西游记》的有关章节。书中的猴行者是一个“人（神）化”的猴精，它化作白衣秀士，是神通广大、降服妖怪的能手，初具人、神、魔三位一体的性质。它是小说《西游记》中孙悟空的雏形。

形诸文字的第一本小说形态的《大唐三藏取经诗话》的出现，标志着玄奘天竺取经已由历史故事向佛教神魔故事过渡的完成；标志着“西游”故事的主角开始由唐僧转化为猴行者；标志着某些离奇情节有了初步轮廓。因此它在《西游记》成书过程中有着重要意义。

由于《大唐三藏取经诗话》是晚唐五代佛教徒宣扬佛法的“俗讲”，一般属于宗教文学。与此同时，“西游”故事随“说话”艺术的繁荣，又以“平话”的方式出现，至迟到元末明初，就出现了更加完整生动的《西游记平话》。后来百回本《西游记》中的一些重要情节，在《西游记平话》里大体上已具备了。《西游记平话》的形式风格，比较接近于宋元讲史平话，文字古拙，颇像元刊本《全相平话五种》，描写亦欠精细。但无论从内容、情节、结构、人物诸方面看，《西游记平话》都很可能是吴承恩据以加工进行再创造的母本。可以说它为吴承恩创造《西游记》提供了一个很好的胚胎。

广东出土的元代前期磁州窑唐僧取经瓷枕（今藏广东博物馆），证明取经故事在当时已在民众中广泛流传。画面上的人物是取经故事中的师徒四众，处于中心地位的是英姿勃勃的孙悟空。这说明取经故事和有关人物的关系和思想性格，至迟到元代已大致定型。

取经故事除了在话本和其他艺术形式中不断发展和流布外，还搬上了舞台。宋元南戏有《陈光蕊江流和尚》，金院本有《唐三藏》，元杂剧有吴昌龄的《唐三藏西天取经》，可惜都已失传。元末明初则有无名氏的《二郎神锁齐天大圣》杂剧和杨讷（景贤）所著的《西游记杂剧》。《西游记杂剧》共六本二十四折，以敷演唐僧出世的“江流儿”故事开场，后面有收孙行者、收沙僧、收猪八戒、女人国逼配、火焰山借扇、取经归东土、行满成正果等情节。吴承恩正是博采众长并受到多方面的启迪才创造了《西游记》。

随着唐僧取经故事的流传和衍化，孙悟空的形象也经历了一个同样漫长的演变过程。关于孙悟空形象的渊源，是一个争论很久的问题。鲁迅认为孙悟空“神变奋迅之状”移取唐传奇李公佐所作《古岳渎经》里的淮河水怪无支祁。因为吴承恩的家乡，自古淮水为患，很早就产生了与治水有关的神话传说。无支祁就是大禹治水时收服的一个淮涡水神。他原是神通广大的猴精，后来被镇锁在淮阴龟山脚下。因此鲁迅认为孙悟空本出于无支祁。随后，胡适提出印度史诗《罗摩衍那》中的神猴哈努曼是孙悟空的原型。胡适的说法并未动摇鲁迅的说法，反而引起鲁迅更为有力的驳难。此后就出现了折中的“混同”说，认为孙悟空是继承无支祁，又接受哈努曼影响的“混血猴”。日本学者则大多根据佛经提出不少看法。然而如果我们沿着唐僧取经故事的演变，也不难发现，从《大唐三藏取经诗话》中的猴行者到《西游记杂剧》《西游记平话》中的孙行者，再到吴承恩小说《西游记》中的孙悟空，他们之间有着一脉相传的血缘关系。孙悟空是吴承恩独运匠心，对猴行者、孙行者进行了质的改造，再创造出来的一个不朽的典型。或者说是吴承恩把民间传说和说书、戏曲中的孙行者融化为一个整体，才诞生了属于吴承恩创造的艺术结晶。孙悟空绝不是一个或几个现成形象的移借、合成，它的产生途径是艺术典型的创造。因此，如果仅据其特征的一点来寻绎其原型，是极不科学的。

《西游记》确实是吴承恩创造的一个真正属于他自己的独特的艺术世界。郑振铎先生早就看到这一点，他说：

> 惟那么古拙的《西游记》，被吴承恩改造得那么神

骏丰腴，逸趣横生，几乎另成了一部新作，其功力的壮健，文采的秀丽，言谈的幽默，却确远在罗氏改作《三国志演义》，冯氏改作《列国志传》之上。[1]

历史赋予吴承恩创作《西游记》以客观和主观的条件。明朝自成化（1465—1487）以后，特别是嘉靖（1522—1566）、万历（1573—1620）两朝皇帝，都崇信道士羽客的妖妄之言。这股风气从上层一直蔓延到民间，神魔小说的崛起和风行，显然同这一社会风尚下的精神状况有着密切关系。至于作家的主观条件，由吴承恩的诗文已经证明他的文学才华是多方面的。而在小说创作经验的积累上，他的志怪小说集《禹鼎志》虽然已经亡佚，但此书或许是他为写《西游记》做准备或许是练笔而用的。幸运的是，从此书的序中我们却又得到这样的信息："虽然吾书名为志怪，盖不专明鬼，时纪人间变异，亦微有鉴戒寓焉。"这"微有鉴戒寓焉"与《二郎神搜山图歌并序》联系起来看，其相通之处甚多，这就是作为小说艺术家的吴承恩兼具思想家某些品格的明证。如果我们再联系另一重要时代思潮，会更加看清吴承恩创作《西游记》也绝非偶

1 郑振铎：《西游记的演化》，见《佝偻集》，生活书店 1934 年版，文中罗氏指罗贯中，冯氏指冯梦龙。

然。在吴承恩青壮年时期，在意识形态领域，有着一股强劲的反理学统治、要求个性解放的思潮，李卓吾就是这一反传统思潮的中心人物。在此前后文艺各领域中的主要的革新家和先进者如袁中郎、汤显祖、冯梦龙等，都恰好是李贽的朋友、学生和倾慕者。他们或是主张直抒个人性灵，或是把人性中的性爱提到小说戏剧的创作日程上来。可以设想，在这股强劲的反传统思潮的冲击下，像具有吴承恩这样的人生经历的作家，他会很自然地浸淫在这清新的精神氛围之中，从而启迪他的灵智，不由自主地用他的小说创作投入这股思想解放的浪潮中去。

在神魔斗争背后的寓意

吴承恩虽然以其卓越的艺术创造才能使原来的“西游”故事顿改旧观、面目一新，但他也不能不受传统故事基本框架的限制。《西游记》全书一百回，主要篇幅还是写孙悟空保护唐僧去西天取经，一路上降妖伏魔，扫除障碍，取回真经，终成正果的故事。

长篇神魔小说《西游记》是一个和谐的艺术整体。过去和现在，在《西游记》研究中始终有“两个故事”和“两个主题”的说法。认为孙悟空大闹天宫和保护唐僧取经，是两个不同的故事。在这两个故事的矛盾发展过程中，孙悟空所处的矛盾地位和矛盾的对象是不相同的，前者是叛逆英雄反抗天庭统治者，后者则“转化”为同各种阻挠取经事业的妖魔之间的斗争；前者的主题是通过神话式的故事形式，反映中国封建社会人民的反抗，后者的主题则“转化”为：要完成一种事业，一定会遭遇到许多困难，而且必须战胜这些困难。而《西游记》就是糅合了两个不同的故事和两个不同的主题的神话小说。还有一种“主题矛盾”说，认为大闹天宫和西天取经是思想倾向对立的两个故事，后者否定了前者，存在着“不可调和的矛盾”。此说实为“主题转化”说的变种。

的确，在中国小说史上，有些长篇名作存在着主题的多义、多层次和多元性。但是，《西游记》并没有两个主题，也不属于多义性作品一类。小说的主旨极其明晰，就是西行求经。

中国古代长篇小说大多根据史书演变而来，其故事情节多少都有一点历史因由。从一定意义上说，中国的历史演义小说和神魔小说的结构法很像中国戏曲艺术的结构排场，它的“布关串目”都是属于“英雄颂剧”式的结构排场，这就是调动一切艺术手段来着意刻画和热烈歌颂英雄主人公。

《西游记》正是这样布局的。小说第一回至第十二回是整个故事的序幕，交代取经故事的缘起。第十二回后的八十八回书，才是吴承恩取经故事的主体工程。前七回集中写石产仙猴、闹龙宫、闹地府、闹天宫，主要是写西天取经的保护人孙悟空的非凡出身和神通广大的本领。第八回主要介绍取经集团中其他四名成员：沙悟净、猪悟能、白龙马及江流儿唐僧的出身经历。第九回至第十二回则是承袭第八回继续叙述西天求经故事的缘起。从整体结构看，前七回故事的主要作用，与第八回一样，既然同是介绍取经集团成员的出身经历，自然也应视为序幕的有机部分。把前七回同七回以后截然分开，说成是两个不同的故事，从而把孙悟空大闹天宫等情节从取经故事的序幕中剖离出来，显然既不符合小说作者的创作意图，也不符合中国古代小说思维的定式，更不符合神魔小说结构布局的一般模式。

众所周知，小说《西游记》的真正主角不是唐僧而是孙悟空。取经途中，斩妖除魔、扫除障碍，经历九九八十一难，每一次战斗离开孙悟空都不行。要而言之，要取真经，绝非易事，必须有能够降魔伏妖、克服千难万险的真正大能人。只有在序幕中充分展示孙悟空的非凡出身和超群绝伦的本领，才能为其取经途中的种种表现提供充足的依据，才能令人信服地看到西天真经的获得是有保障的。吴承恩意在为孙悟空造像，在故事开端即浓墨重彩渲染孙悟空“石破天惊”的不平凡的诞生，并以细腻生动的笔触描述他如何求仙访道免遭轮回，如何寻取横扫妖魔的如意金箍棒，如何练就七十二般变化、十万八千里筋斗云以及火眼金睛等神奇本领，如何一次又一次地战胜天兵天将，其目的都是为孙悟空以后去西天求得真经做“武装准备”和进行“实战演习”。

吴承恩的这一整体构思，体现在《西游记》的情节提炼和故事剪裁的全过程。如果把小说《西游记》同《大唐三藏取经诗话》《西游记杂剧》相比较，有两点明显的变化值得注意。第一，《大唐三藏取经诗话》中的猴行者与《西游记杂剧》中的孙悟空，虽已逐渐升格为主角，但本领与所起之作用都有较大局限，取经途中降伏妖魔、保护唐僧的主要力量实际上是大梵天王与“十大保官”。而小说《西游记》却把孙悟空的神通广大与求得真经的决定作用大大提高和发展了，并淋漓尽致地发挥和渲染，从而使之由取经集团中的一个重要成员一变而为小说中名副其实的主角，是一个最富于“行动性”的角色。事实上《西游记》的主体工程和审美价值，只能是关于孙悟空“一生”的故事。一句话，如果没有孙悟空就没有吴承恩《西游记》这部小说。第二，《大唐三藏取经诗话》把唐僧看作取经的主要人物，所以故事的开端也由叙述唐僧行状开始。猴行者出身经历，直到“入王母池之处第十一”，才以补叙方式略加介绍。《西游记杂剧》承袭这种做法，把唐僧的出身以占全剧六分之一的篇幅作为故事的开端，安排在第一本，孙悟空的出身经历，到第三本才进行追叙。而吴承恩的《西游记》则打破取经故事的传统格局，不仅把关于孙悟空出身的描写由原来作为穿插而存在的“隐蔽”环节，一变而为重要的显现情节，置于全书的开篇处，而且以七回的篇幅大加渲染。

《西游记》的确是一部复杂的小说。但是，这“复杂”并不在于人们通常所说是题材本身的局限性和吴承恩所处时代及其所属阶级的局限，也非如上述论者所说是“主题的矛盾”造成的。我们认为，它的复杂性正在于：它是以庄严神圣的取经的宗教故事为题材，但在具体描述时却使宗教丧失了庄严的神圣性。它写了神与魔之争，但又没有严格按照正与邪、善与恶、顺与逆划分阵营，它揶揄了神，也嘲笑了魔，它有时把爱心投向魔，又不时把憎恶抛掷给神——它并未把挚爱偏于佛、道任何一方。

这一矛盾的“复杂性”，在小说的开端就显示出来了。本来孙悟空在花果山水帘洞带领着群猴，自由自在地过着那“不伏麒麟辖，不伏凤凰管，又不伏人间王位的拘束”的生活，他不能忍受任何压迫和不平。当他考虑到“暗中有阎王老子管着”的时候，竟不远万里，泛海越岭，访师求道，待学得一身本领后，就闯入龙宫，向龙王索取宝盔、金箍棒，进而抡棒打入冥府，一笔勾销了生死簿上全部猴类的名字，从而能够“躲过轮回，不生不灭，与天地山川齐寿”。龙王、阎王当面对孙悟空无可奈何，等孙悟空一走，便立即向他们的主子——神界的最高统治者玉帝告状。玉帝“遣将擒拿”不成，便使出诡计：“降旨招安”，把孙悟空骗上天庭。神的王国，最高统治势力的象征，具有不可侵犯的权威，但孙悟空全然不放在眼中。太白金星奉旨请他上天，他“把个金星撇在脑后”，自己先走；南天门上不放他进去，他就骂金星是“奸诈之徒”。见了玉帝，既不“朝礼”，又不“谢安”，却“挺在身旁”，“唱个大喏”，自称“老孙”。当他发现封他为“弼马温”原来是个骗局时，便“心头火起，咬牙大怒”，“忽喇一声，把公案推倒”，耳中取出金箍棒，一直打出南天门，干脆竖起“齐天大圣”的旗号，与天庭对抗。玉帝调遣天兵神将，兴师讨伐，被他打得落花流水，狼狈逃窜。后来，神佛道联合作战，花尽力气，才把他投进老君的八卦炉里，可是七七四十九天，还是没有把他烧死。当老君开炉取丹时，孙悟空纵身而出。

玉帝胆战心惊，只得去向西天佛老求救。孙悟空面对“法力无边”的如来佛，也是“怒气昂昂，厉声高叫”，定要玉帝让出天宫，宣称“若还不让，定要搅攘，永不清平”。

在这里，吴承恩驰骋其想象力于奇幻的情节中，写来神完气旺、声势夺人，读之惊心动魄、兴趣盎然。在吴承恩的笔下，神道佛联合战线的威风和神圣性扫地以尽。释教的佛菩萨、道教的祖师神仙和至高无上的玉皇大帝一个个惊惶万状、束手无策，道教中的太上老君和福禄寿三星被孙悟空任意捉弄，佛教的始祖释迦如来也被拿来取笑。最有趣的是孙悟空临遭镇压之前，他也还要在这位佛祖掌上撒上一点臊臭的猴尿。这随手拈来的一笔，真是令人忍俊不禁。在吴承恩犀利的笔锋下，宗教的神道佛祖从神圣的祭坛上被拉了下来，显现了它的原形！“大闹天宫”这则故事带有提纲挈领的意义，可说在主旨上为整个作品定下了基调。在取经途中，孙悟空的英雄形象又增添了新的光辉。为了扫除祸害，“与人间抱不平”，他上天入地，深入龙潭虎穴、妖巢魔窟，与各色妖魔人等战斗，随机应变，顽强不屈。他对付最厉害的妖魔就是钻进对方的肚皮里，在里面“跌四平，踢飞脚”，“打秋千，竖蜻蜓，翻跟头”，疼得妖魔遍地打滚、满口求饶，从而转弱为强，反败为胜。他还有“济困扶危、恤孤念寡”和见恶必除、除恶务尽的美德；又有一见妖魔，盯住不放，纠缠到底，不达目的绝不罢休的韧劲儿。从总体精神来看，孙悟空的“抗魔”斗争，可以说是“大闹天宫”的继续。而且事实上在取经征途中，孙悟空对待诸神佛道，仍然是那样桀骜不驯，没有放松对他们的捉弄和揶揄，态度是一以贯之的。比如，要他保护唐僧取经，他先提出“叫天天应，叫地地灵”的条件，要山神土地、四海龙王、值日功曹、天兵天将供他调遣，甚至连佛祖、玉帝也要为他服务，诸山神土地略有拂逆，就要“伸过孤拐来，各打五棍见面”！仅仅为了欺骗两个小妖，他便要玉帝闭天半个时辰，“若道半声不肯，即上灵霄殿动起刀兵”！他经常以轻蔑态度揶揄、嘲弄这些神佛统治者。如对观音，敢骂她“惫懒”，咒她“一世无夫”；对佛祖，敢奚落他是“妖精的外甥”；对玉帝，要“问他个钳束不严”的罪名，见了面便“朝上唱个大喏”，打趣说：“老官儿，累你！累你！”所以从表面上看，孙悟空似乎接受了如来佛旨，皈依了佛教，保护唐僧去取经，但是他自身形象显示出来的具体内容，仍然是对诸神佛道的宗教禁锢的否定。

吴承恩在《西游记》中还极聪明、极俏皮、极轻松地描写了妖魔鬼怪同天上诸神道佛的微妙关系。如黑松林的黄袍怪是天上的奎木狼星，小雷音寺的黄眉妖是弥勒佛的司磬童子。神下凡成魔，魔升天做神，神魔原本一体！孙悟空很明白这些个底细，所以常常到天上去追查魔的来历。更有讽喻意味的是，当它们私自逃入人间为非作歹的时候，诸天神祇都装聋作哑，到孙悟空花了九牛二虎之力把它们将致死命时，什么李老君、弥勒佛、南极寿星、观音菩萨等，一个个都出来说情，加以保护，索取法宝，收上天庭，各归本位，仍做天神。由此可以看出，后者是前者的后台，前者是后者的基础，两者相依为命。吴承恩写了这些故事，可能不仅只是为了博读者一粲，它多数寓讥讽于笑谑。所以作为“社会”趣闻、“社会”活剧来读，也有发人深思之处。

这里显示了作者宽广的精神视野，他把对宗教批判的锋芒转到了另一角度。原来宗教从来是与蒙昧主义相依为命的，他们所编造的谎言句句都要人当作真理般信仰——“神”是“正宗”，“魔”是“异端”。实际情况却大谬不然，全是用来骗人的。吴承恩在这里只是撩起了幕布的一角，让人们看到所谓天国、所谓佛道诸神到底是什么货色。在根本利益一致的基础上，神魔的关系原来就是纠缠不清的，有时简直就是二位一体。它的讽喻蕴含似也不难把握。作者喜爱孙悟空身上的魔性甚于他身上的神性。另外，如牛魔王虽然喜新厌旧，停妻再娶，但他那浑厚憨直之态也颇能令人解颐；平顶山的精细鬼、伶俐虫写得妙趣横生，十分逗人喜爱。看来，吴承恩对于神魔从不存偏见，也没有框框，只是在娓娓叙述奇幻瑰丽的故事时顺便给人物抹上一些谐谑的色彩。

吴承恩对宗教神学的批判是否提高到政治批判上？这是一个至今还有争议的问题。我们不同意把《西游记》的一些故事强与现实政治做比附，也不认为小说中屡有微言大义。但是也不能否认《西游记》“讽刺揶揄则取当时世态”。这是因为作家在现实生活中的感受会很自然地融入他的艺术思维中去，并通过他创造的艺术形象宣叙出来，那一丝丝情愫也会渗透在作家的言谈话语之中。对于这一点，《西游记》作者心中似有一条界线，而我们则看到两种类型，这两种类型在切近现实政治问题上，在深、浅、明、隐以及涵盖面上是很不一样的。

一类是作者特别耐人寻味地在取经路上直接安排了九个人间国度，指明其中好些都是“文也不贤，武也不良，国君也不是有道”的国家，并着重对道教的虚妄可笑和道士的弄权祸国进行了无情的揭露和严厉的鞭笞。比如，比丘国的道士进女色，被封为“国丈”，嗣后，又献延年益寿秘方，要用一千一百个小儿的心肝，把整个国家弄得乌烟瘴气。火法国的国王许下罗天大愿，要杀一万个和尚。这些故事就和作者生活的嘉靖王朝的情况相当切近和相似。明代许多昏君庸王都信道教，道士通过祈雨、炼丹、进女色等卑劣手段，爬上高位，“干扰政事，牵引群邪”。如被奉为真人并且做了礼部尚书等大官的道士邵元节、陶仲文等，又与宦官（如崔文）、奸臣（如严嵩）同恶相济，祸国殃民。世宗佞道灭佛，亲自炼丹修道，耗尽民脂民膏。当时一些有正义感的士大夫往往不顾性命，上书进谏，结果不是被“榜掠”得“血肉狼藉”，就是被“先后棰死狱中”。如果我们能正确认识作者写小说时的背景和心态，这一类型的故事，无疑具有令人深思的认识价值。

另外一种类型的就是属于信手拈来、涉笔成趣的讽刺小品。比如阴司冥府，据说是最铁面无私的，可是唐太宗魂游地府时，判官崔珏竟因为生前是“太上先皇驾前之臣”，又与魏徵是“八拜之交”，故在收到当朝宰相魏徵的求情信后，立即私改生死簿，给唐太宗增添阳寿二十年。这些描写，无疑是封建社会徇私舞弊、贪赃枉法、官官相护等普遍存在的黑暗腐败现象的折射。但对读者来说，只把他们看作一幅幅隽永的谐谑图即可，所谓“忘怀得失，独存赏鉴”，更多的微言大义是找不出来的，也不必费时间进行寻绎和考索。作者寄希望于读者的是能欣赏他的绝妙的幽默的“小小说”。

创作《西游记》是吴承恩的一次精神漫游，想必在经历了一切心灵“磨难”之后，他更看清了世人的真相，了解了生活的真谛。他更加成熟了。

然而，看《西游记》不能离开那个超人间的荒诞的外貌。它的“假定性”已呈现于读者之前，我们毕竟应当尊重作者的意图，把它当作神魔小说来读。我们绝不能辜负吴承恩奉献于小说史的这个新品种。

我们还要说一句，吴承恩对生活并未失去爱，小说处处是笑声和幽默，只有一个心胸开阔、热爱生活的人，才会处处流露出一种不可抑制的幽默感，他希望他的小说给人间带来笑声。《西游记》并非是一部金刚怒目式的作品，他富于一个人文主义者的温馨的人情味。讽刺和幽默这两个特点，其实在全书一开始就显示出来了，它们统一于吴承恩对生活的热爱，对人间欢乐的追求。

笑笑生对中国小说美学的贡献

——评《金瓶梅词话》

明代中后期长篇白话小说又有了重大进展，其表现特征之一是小说文体观念的强化，或者说是小说意识又出现了一次新的觉醒，小说的潜能被进一步发掘出来。《金瓶梅》（本文用《金瓶梅词话》本）的出现，在最深刻的意义上是对《三国演义》和《水浒传》所体现的理想主义和浪漫洪流的反动，它的出现也就拦腰截断了浪漫的精神传统和英雄主义的风尚。然而，《金瓶梅》的作者却又萌生了小说的新观念，具体表现在：小说进一步开拓新的题材领域，趋于像生活本身那样开阔和绚丽多姿，而且更加切近现实生活。小说再不是按类型化的配方演绎形象，而是在性格上丰富了多色素，打破了单一色彩，出现了多色调的人物形象，在艺术上也更加考究新颖。更为重要的是，小说以清醒的、冷峻的审美态度直面现实，在理性审视的背后，是无情的暴露和批判。

《金瓶梅》是一部人物辐辏、场景开阔、布局繁杂的巨幅写真。腕底春秋，展示出明代社会的横断面和纵剖面。《金瓶梅》不像它以前的《三国演义》《水浒传》那样，以历史人物、传奇英雄为表现对象，而是以一个带有浓厚的市井色彩、从而同传统的官僚地主有别的恶霸豪绅西门庆一家的兴衰荣枯的罪恶史为主轴，借宋之名写明之实，直斥时事，真实地暴露了明代后期中上层社会的黑暗、腐朽和不可救药。作者勇于把生活中的负面人物作为主人公，直接把丑恶的事物细细剖析来给人看，展示出严肃而冷峻的真实。

兰陵笑笑生发展了传统的小说学，他把现实的丑引进了小说世界，从而引发了小说观念的又一次变革。

市民社会的工笔长卷

兰陵笑笑生是我国小说史上最杰出的小说家之一，是中国市民阶层最重要的表现者和批判者。他所创造的“金瓶梅世界”，经由对自己的独特对象——市民社会的生动描绘，展现了一个几乎包罗市民阶层生活各个重要方面的艺术天地，显示出他对这一阶层的百科全书式的知识，从而使诸如经济的、政治的、宗教的、社会的、历史的、心理的、生理的、婚姻的、民俗的、艺术的知识等，都在“金瓶梅世界”中得到鲜明的显现，可以把它称为这个时代的一面镜子。应当承认，在中国小说史上，特别是明代说部中，笑笑生提供的百科全书式的知识的丰富性和生动性，几乎在当时文坛上还找不到另一位作家与之匹敌。

在中国，作为一种文类的小说艺术，如果和欧洲文学史上的小说相比，则是早产儿。欧洲文学史上，14 世纪薄伽丘的《十日谈》是划时代之作，开启了小说的新纪元；而同样作为市民文艺式样的宋元话本，则早于《十日谈》两个半世纪。事实是，自从平凡而富有生气的市民进入小说界，小说王国的版图便从根本上改观了，恰如哥伦布发现新大陆使世界地图必须重新绘制一样。作为市民文艺的宋元话本在中国小说史上承前启后，独树一帜，自成一个新阶段。

历史进入明代，我国小说已蔚为大观。《三国演义》《水浒传》标志着一种时代风尚，其刚性的雄风给人以力的感召。明代中后期，小说又有了新的发展，神魔小说《西游记》俏比幽托，揶揄百态，折射出当时社会上的种种弊端和丑恶现实。世情小说《金瓶梅》则为我们展现了一幅色彩斑斓的市民社会的风俗画。

在社会中，人是活动的中心，而描写了人，也就是描写了社会。世情小说最大的特点就是写常人俗事，而《金瓶梅》并不是以帝王将相、达官贵人作为自己创作的主要对象，在作者的笔下，他的全部兴趣、他最熟悉的人物和创作对象恰恰是市民社会的凡夫俗子。我们不妨把前人对这部小说所写人物进行的简评做一点梳理，让大家看看《金瓶梅》是如何展现这幅市井风俗画的：

1.《金瓶梅·东吴弄珠客序》说："借西门庆以描画世之大净，应伯爵以描画世之小丑，诸淫妇以描画世之丑婆、净婆。"

2.《新刻绣像批评金瓶梅》评点者指出小说一号主人公西门庆乃是"市井暴发户"。提到西门庆的举止行为和语言谈吐都不脱"本来市井面目"。[1]

3. 夏曾佑在《小说原理》中指出：《金瓶梅》乃是一部"立意"写小人的作品。

4. 曼殊在《小说丛话》中说《金瓶梅》是一部"描写下等妇人社会之书"。

---

1 参见第十六、五十五回评。

5. 狄平子在《小说丛话》中说：《金瓶梅》由于写了“当时小人女子之惨状，人心思想之程度”，才获得“真正一社会小说”。

…………

据我的授业恩师朱一玄先生编著的《金瓶梅资料汇编》中《金瓶梅词话人物表》的统计，可能会更有说服力地证明《金瓶梅》建构的乃是一个前无古人的市民王国。朱一玄先生指出：“《金瓶梅词话》中人物的数目，尚无人做过精确的统计，本人物表列男 553 人，女 247 人，共 800 人。”这真是一个庞大的数字。根据朱师的指引，我们可以进一步了解到“西门庆一家人物关系”“西门庆奴仆”“西门庆商业伙计”“城乡居民”，包括医生、裁缝、接生婆、媒婆、优伶娼妓、和尚、尼姑、道士等，是他们构成了小说的主体，而上至皇帝下至文武官吏往往是穿插性、过渡性和背景性的人物，他们全然没有成为小说的主体部分。关于这些，读者不妨翻阅一下《金瓶梅资料汇编》，它将引领我们更顺利地进入这个市民王国。

是的，从《金瓶梅》的描写对象来看，不仅仅在于写了哪一阶层的人，而且还要看它写了哪些事。

我们说《金瓶梅》堪称中国中世纪封建社会的百科全书，就在于这部小说的作者极其关注世风民俗。在这一百回的大书中，在刻画自然环境与社会环境时，小说家常常怀着浓厚的兴趣挥笔泼墨描写出一幅幅绚烂多彩的风俗画面，使之成为刻画人物、表现题旨的文化背景。人世间众多的民风世俗，举凡礼节习俗、宗教习俗、生活习俗、山野习俗、江湖习俗、市场习俗、匪盗习俗、城市习俗、乡间习俗、娱乐场所习俗、行会习俗、口语习俗、文艺习俗等，几乎都可以从这部小说中找到，它为我们积淀着生动形象、丰富多彩的风情习俗大观。

在这里不妨举一些零星例证，让我们感受一下当时市民社会的风习。

在第十五回中，写正月十五元宵节，李瓶儿邀请吴月娘等人去她楼上看灯市，街上几十架灯架，挂着千奇百异的灯。此外，正月十五还有“走百病”的民俗。小说第四十四回也写吴大妗子说吴月娘从她们那里晚夕回家走百病。第二十四回还捎带写出陈经济走百病，和金莲等众妇人调笑了一路。

第十三回写了重阳节，花子虚请西门庆赏菊，“传花击鼓，欢乐饮酒”，这当然和孟浩然“待到重阳日，还来就菊花”不同，西门庆和花子虚等人只是附庸风雅而已。这件事和薛太监请西门庆“看春”一样，都是表面装风雅。花子虚的可悲也正在这里，他只知道游乐娼家，哪里知道西门庆早已瞄上他的妻子。所以《金瓶梅》的写节日，也正是用以映衬出人物的面貌，有时是对人物的调侃，有时则是对人物的揭露和抨击。

从小说的描写中还可以看到山西潞州、浙江杭州、湖州以及四川等地，由于纺织业发达，这些地区显得十分富足。其中像浙绸、湖绸、湖锦、杭州绉纱及绢、松江阔机尖素白绫、苏绢等，均系当时的名产品，故必冠以地名。《金瓶梅》中西门庆为行贿，借蔡太师生辰派来旺专程到杭州织造置办寿礼，由此就可以想见一斑了。

《金瓶梅》以山东清河、临清一带作为故事背景，小说第九十二回写道：

> 这临清闸上，是个热闹繁华大码头去处，商贾往来，船只聚会之所，车辆辐辏之地，有三十二条花柳巷，七十二座管弦楼。

小说家言不免夸张，但绝非毫无根据。人们知道，临清位于大运河畔，是北方重要的水陆码头。周围各县的商人都在这里转站，远方商人更是在这里长期驻足。小说就写了陈经济在这里开过大酒店，楼上楼下，有百十间阁儿，每日少说也能卖上三五十两银子。刘二的酒店也有百十间房子，兼营妓馆，“处处舞裙歌妓，层层急管繁弦，说不尽看如山积、酒若流波”，每天接待过往商人，花天酒地，其繁华绮靡的景象可以依稀想见。

令人触目惊心的还有《金瓶梅》为我们展示的妓女世界，据研究者统计，在小说中有姓名居处可稽的妓女便有39人之多。陶慕宁教授在他的《金瓶梅中的青楼与妓女》一书中翔实地解剖了这个妓女世界，指出《金瓶梅》中涉及的妓女不外三种类型：第一种类型为丽春院系统的上等青楼，她们身着锦绣，品餍肥甘，享受贵族化生活；第二种类型为下等妓院，她们比不得丽春院中名妓的待价而沽，是妓女世界中的底层人物；第三种类型就是私窠子了，这种暗娼的大量出现，正是当时社会衰朽的一个小小的旁证。

陶慕宁教授还指出：

> 一幕幕笙歌纵饮的侈靡场景，一缕缕目挑心招的冶荡风情，一个个流波送盼的色中“尤物”，一桩桩谋财陷人的阴谋交易，绘成了一幅明代社会后期青楼生活的长篇画卷。

通过以上的简单介绍，再联系“金瓶梅世界”，我们可以看到，也许这里未必能够得到多少可以考证的历史事实，但是《金瓶梅》所展示的五光十色的社会图景和丰富多样的人物形象，却有助于我们认识当时社会生活的某些本质方面，具有一般历史著作和经济著作不能代替的作用，特别是具有被许多历史学家所忘记写的民族文化的风俗史的作用。

总之，兰陵笑笑生不是一个普通艺匠，而是一位心底有生活的独具只眼的小说巨擘。他真的没有把他的小说仅仅视为雨窗寂寞、长夜无聊的消闲解闷之作。他的小说是出于市民的思想意识和市民的视角。从这个方面来说，他展示的市民社会的风俗画正是市民阶层日益强大并在小说领域寻求表现的反映。

化丑为美

这里不得不借用一点美学理论谈一下《金瓶梅》艺术世界的特色。

现代西方有一门很流行的“审丑”学，我们中国的学术界和文学界还未能独立地建构类似的“审丑学”。

但是中国却在16世纪就以自己的艺术实践建构了具有中国民族审美特色的“审丑学”了。令我们惊诧的是，晚于兰陵笑笑生三百年的伟大的法国雕塑家罗丹也是在创作实践中才自觉地感悟到：

> 在艺术里人们必须克服某一点。人须有勇气，丑的也须创造，因没有这一勇气，人们仍然停留在墙的一边。只有少数越过墙，到另一边去。[1]

罗丹的艺术勇气，从理论到实践破除了古希腊那条“不准表现丑”的清规戒律，所以他的艺术创造才发生了质变，并使他成为雕塑艺术大师。

笑笑生所创造的《金瓶梅》的艺术世界之所以经常为人所误解，就在于他违背了大多数人的一种不成文的审美心理定式，违背了人们眼中看惯了的艺术世界，违背了常人的美学信念。而我们认为笑笑生之所以伟大，也正在于他没有以通用的目光、通用的感觉去感知生活。

触碰丑恶，写小说有两种方法，一种是选取典型事件，不留情面、不留死角、不加忌讳地表现，让人看得心惊肉跳、五内俱焚、悲愤交加，这是批判现实主义。另一种是暴露丑恶的同时，不忘人类的爱心，让人物在黑暗中闪现人性的光辉，这是煽情主义的方法。

《金瓶梅》的艺术世界之所以别具一格，还在于笑笑生为自己找到了一个不同一般的审视生活和反思生活以及

---

1 ［德］海伦·娜丝蒂兹著，宗白华译：《罗丹在谈话和信札中》，《文艺论丛》第10辑，上海译文出版社1980年版，第404页。

呈现生活的视点与叙事方式。对于明代社会，他戴上了看待世间一切事物的丑的滤色镜。有了这种满眼皆丑的目光，他怎能不把整个人生及生存环境看得如此阴森、畸形、血腥、混乱、嘈杂、变态、肮脏、扭曲、怪诞和无聊呢？因为对于一个失去价值支点而越来越趋于解体的文明系统来说，这种“疯狂”的描写，完全是正常的。然而，《金瓶梅》中的几个主要人物的性格塑造毕竟是极具时代特征而又真实可信的。对于这一点，至今尚无人提出疑义。

兰陵笑笑生创作构思的基点是暴露，无情地暴露。他之取材无所剿袭依傍，书中所写，无论生活，无论人心，都是昏暗一团，虽然偶尔透露出一点一丝的理想的微光，也照亮不了这个没有美的世界。社会、人生、心理、道德的病态，都逃不出作者那犀利敏锐的目光。在那支魔杖似的笔下，长卷般地展出了活灵活现的人物画像。这人物长卷以官僚、恶霸、富商三位一体的西门庆的罪恶家庭为中心，上联朝廷、官府，下结盐监税吏、大户豪绅、地痞流氓。于是长卷使人看到的是济济跄跄的各色人物，他们或被剥掉了高贵的华衮，或被抉剔出他们骨髓中的堕落、空虚和糜烂。皮里阳秋，都包藏着可恨、可鄙、可耻的内核。《金瓶梅》正是敏锐地捕捉和及时地反映出明末现实生活中的新矛盾、新斗争，从而体现出小说新观念觉醒的征兆。

或者说它是以小说的新观念冲击传统的小说观念。正因为如此，对于它的评价也不是任何一个现成的美学公式足以解释的。

按照一般的美学信念，艺术应当发现美和传播美。在我看来，《金瓶梅》的作者不是无力发现美，也不是缺乏传播美的胆识，而是他的世界没有美。所以他的笔触在于深刻地暴露这个不可救药的社会的罪恶和黑暗，预示了当时业已腐朽的封建社会崩溃的前景。鲁迅在《中国小说史略》中说得非常深刻：

> 作者之于世情，盖诚极洞达，凡所形容，或条畅，或曲折，或刻露而尽相，或幽伏而含讥，或一时而并写两面，使之相形，变幻之情，随在显见，同时说部，无以上之。

又说：

> 至谓此书之作，专以写市井间淫夫荡妇，则与本文殊不符，缘西门庆故称世家，为搢绅，不惟交通权贵，即士类亦与周旋。著此一家，即骂尽诸色。

鲁迅的这些论断是符合小说史实际的，也是对《金瓶梅》的科学的评价。

我们必须抛弃一切成见。《金瓶梅》是中国章回小说中的精品，它虽然属于“另类”“异类”，但是，《金瓶梅》是小说艺术，而艺术创作又是人的一种精神活动，所以它也需要追求人性中的真善美。复杂的只是因为世界艺术史中不断提示这样的事实，即：描绘美的事物的艺术未必都是美的，而描绘丑的事物的艺术却也可能是美的。这是文艺美学中经常要碰到的事实。因此，不言自明，生活和自然中的丑的事物是可以进入文艺领域的。

问题的真正复杂还在于，当丑进入文艺领域时，如何使它变成美，变成最准确意义上的艺术美。《金瓶梅》几乎描绘的都是丑。正如德国伟大的美学家、诗人席勒在他的《强盗》序言中所说：

> 正因为罪恶的对照，美德才愈加明显。所以，谁要是抱着摧毁罪恶的目的……那么，就必须把罪恶的一切丑态在光天化日之下暴露出来，并且把罪恶的巨大形象展示在人类的眼前。

试看，《金瓶梅》展示的西门庆家族中那些负面人物：西门庆、潘金莲、陈经济以及帮闲应伯爵之辈，丑态百出，令人作呕。但是，正如上面所说，《金瓶梅》毕竟是艺术。它在描绘丑时，不是为丑而丑，更不是像一些论者所说《金瓶梅》作者是以丑为美。不！他是从美的观念、美的情感、美的理想上来评价丑，否定丑。《金瓶梅》表现了对丑的否定，又间接肯定了美，描绘了丑，却创造了艺术美。这样，人们就很容易提出一个问题：《金瓶梅》是怎样来打开人们的心扉，使之领悟到自己所处的环境呢？回答是：否定这个时代，否定这个社会。兰陵笑笑生笔下所有的主人公都是以其毁灭告终的。他把他的人物置于彻底失败、毁灭的境地，这是这个可诅咒的社会的罪恶象征。因为一连串个人的毁灭的总和就是这个社会的毁灭。读者透过人物看见了作者的思想。笑笑生就是以他那新颖独特的文笔，深刻地反映了社会的真面目。崭新的文笔和崭新的作品思想相结合，这就是《金瓶梅》！这就是作为艺术品的《金瓶梅》！这就是笑笑生以一位洞察社会的作家的胆识向小说旧观念的第一次有力的挑战。

伟大的艺术家罗丹还曾说：一位伟大的艺术家，或作家，取得了这个“丑”或那个“丑”，能当时使它变形……只要用魔杖触一下，“丑”便化成美了……一位真正艺术家的功力就表现在这一“化”上。一般地说，文艺家把生活中的丑升华为艺术美，除了靠美的情感、完美的形式、可信的真实性来完成这个艺术上的升华外，最根本的还是要根据美学规律的要求，通过艺术典型化的途径，对丑恶的事物进行深刻的揭露，有力的批判，使人们树立起战胜它的信念，在审美情感上得到满足与鼓舞。这就是卢那察尔斯基所说的对生活中的丑，要“通过升华去同它作斗争，即是在美学上战胜它，从而把这个梦魇化为艺术珍品”。（《安·巴·契诃夫对我们能有什么意义》）

《金瓶梅》中的西门庆是一个负面人物，这是毫无异议的。但是，他的美学含义，却应该是真正“典型”的。我们老一辈的美学家蔡仪先生就认为“美即典型”。如果是“典型”就是美的。否定性人物如同肯定性人物一样，作为“某一类人的典范”（巴尔扎克语），集中了同他类似的人们的思想、性格和心理特征，从而给读者提供了认识社会生活的形象和画面，这就是作为负面人物的西门庆的美学价值。《金瓶梅》所塑造、刻画的一系列人物，力求做到人物典型化，从而给负面人物以生命。罗丹说：

> 当莎士比亚描写亚果或理查三世时，当拉辛描写奈罗和纳尔西斯时，被这样清晰、透彻的头脑所表现出来的精神上的丑，却变成极好的美的题材。

所以他又说：

> 在自然中一般人所谓“丑”，在艺术中能变成非常

的“美”。[1]

显然，笑笑生这位天才的小说家在表现生活的丑时，智慧地用手中的“魔杖”触了一下，于是生活的丑就“化”成了艺术的美了。

由此可证明：艺术上一切“化丑为美”的成功之作都是遵照美的规律创作的，都是从反面体现了某种价值标准的。

当然，我们也无须否认，《金瓶梅》作为世情小说的开山之作，它没有能完全“化丑为美”。也就是说，作者未能把生活中的丑艺术地转化成艺术美，这充分表现在《金瓶梅》中对两性间的性描写过于直露和琐细。这种描写虽然是受社会颓风影响所致，目的又在于暴露西门庆等人的罪恶，但它毕竟给这部不朽的小说带来一些负面的影响，以至影响了它的流传，因为《金瓶梅》对性生活的描写毕竟不同于它以前的《十日谈》。《十日谈》贯穿着强烈的反宗教、反教会、反禁欲主义的精神。一方面是因为刚从宗教禁欲主义的束缚中冲出来，物极必反，难免由“禁欲”而到“颂欲”，另一方面也是市民资产阶级的爱好，但归根结

---

1 ［法］罗丹口述，葛赛尔记，沈琪译，吴作人校：《罗丹艺术论》，人民美术出版社 1987 年版。

底是对伪善而且为非作歹的教会、淫邪好色的神父、嫉妒成性的丈夫进行揭露、讽刺和批判。

“化丑为美”是有条件的。作家内心必须有自己的崇高的生活理想和审美理想之光。只有凭借这审美理想的光照，他才能使自己笔下的丑具有社会意义，具有对生活中的丑的实际批判的能力，具有反衬美的效果。如果是对丑持欣赏、展览的态度，那么丑不但不能升华为艺术美，反而会成为艺术中最恶劣的东西。

生活里有美便有丑，美和丑永远是一对孪生的兄弟，所以表现丑的艺术也永远相应地有它存在的价值。但是这里有一个分寸感，一个艺术节制的问题。《金瓶梅》的审美力量在于，它揭露阴暗面和丑恶时，具有一定的道德、思想的谴责力量，这就是为什么《金瓶梅》中均是丑恶的“坏东西”形象，连一个严格意义上的肯定性人物都没有，却能引起人们美感的原因！而另一方面，这位笑笑生的某些败笔也在于他在揭露腐朽、罪恶和昏暗时缺乏节制。忠实于生活，不等于展览生活。《金瓶梅》缺乏的正是这种必要的艺术提炼。

总之，《金瓶梅》不是一部令人感觉到温暖的小说。灰暗的色调挤压着看客们的胸膛，让人感觉到呼吸空间的狭小，我们似乎真觉得到那个社会的黑暗无边。

人原本是杂色的

当我们走进《金瓶梅》的艺术世界时，我们的“第一印象”和特殊感受已如前节所说，那是一个人欲横流、世风浇漓的丑的世界。然而我们在面对小说中的主要人物时，我们又会发现这位兰陵笑笑生在写人物时真的是一位传神写照的高手。

一个普通的艺术真理是：只有描写出各种各样的鲜明的人物形象，才能全面地反映出社会的风貌。我国现代著名作家老舍先生在总结他一生的创作和纵观了世界文学史以后，在《老牛破车》中说了这样一段话：

> 凭空给世界加了几个不朽的人物，如武松、黛玉等，才叫作创造。因此，小说的成败，是以人物为准，不仗着事实。世事万千，都转眼即逝，一时新颖，不久即归陈腐；只有人物足垂不朽。此所以十续《施公案》，反不如一个武松的价值也。

如果说《金瓶梅》的成就也是给世界小说史上增加了几个不朽的人物，我想也是符合实际的。如西门庆、潘金莲、李瓶儿、应伯爵等人，堪称典型环境中的典型人物。但是如果进一步说，在《金瓶梅》的人物画廊中的十多个不朽的典型人物，首先是因为形象上的传神和不拘一格。这种“不拘一格”就是指，它打破了它之前那种写人物性格好就好到底、坏就坏到底的写法，这可以包括《三国演义》、《水浒传》和《西游记》等名著。因为这些名著在塑造形象、刻画性格时，还不能突破既有的范式，缺乏性格描写上的艺术辩证法。而《金瓶梅》则在人物性格、行动和心态上已经萌生了一种新的小说审美意识——现实生活中的人是复杂的，不是单色素的，小说应把这种复杂性表现出来。

事实上，在现实生活中，正如作家高尔基在谈及创作心得时所说的，人“是带着自己的整个复杂性的人”，因此他明快地说出他的体会：

> 人是杂色的，没有纯粹黑色的，也没有纯粹白色的。在人的身上掺和着好的和坏的东西——这一点应该认识和懂得。[1]

因此，美者无一不美，恶者无一不恶，写好人完全是好，写坏人完全是坏，这是不符合多样统一的艺术辩证法的。在中国小说的童年时代，这种毛病可以说是很普遍的。在

1 高尔基：《论剧本》，《高尔基选集·文学论文选》，人民文学出版社1958年版，第249—250页。译文有出入。

中国戏曲中，红脸象征忠、白脸象征奸的审美定式，一直和小说交互作用，打破这种樊篱的正是笑笑生。

《金瓶梅》在小说观上的突破就在于它所塑造的否定性形象，不是肤浅地从“好人”“坏人”的概念中去衍化人物的感情和性格行为，而是善于将深藏在否定性人物各种变态多姿的音容笑貌里，甚至是隐藏在本质特征里相互矛盾的心理性格特征揭示出来，从而将否定性人物塑造成活生生的有血有肉的人物，因此《金瓶梅》中的人物不是简单的人性和兽性的相加，也不是某些相反因素的偶然堆砌，而是性格上的辩证的有机统一。

人不是单色的，这是《金瓶梅》作者对人生观察的一个极为重要的心得。过去在研究《金瓶梅》的不少论著里有这样一种理论，即将人物关系的阶级性、社会性绝对化、简单化，只强调社会性和阶级性对否定性人物思想性格、心理的制约，而忽视了他自身的心理和性格逻辑。于是，要求于否定性人物的就是“无往而不恶”。从思想感情到行为语言，应无一不表现为赤裸裸的丑态。反乎此，就被认为人物失去了典型性和真实性。有的研究者就认为“作者在前半部书本来是袭用了《水浒传》的章节，把他（指西门庆——引者）作为一个专门陷害别人的悭吝、狠毒的人物来刻画的。后来又‘赞叹’起他的‘仗义疏财，救人贫困’……这种变化并没有性格发展上的充分根据……这种对于人物前后矛盾的态度，使作者经常陷入不断的混乱里”。另外，中国社会科学院文学研究所编写组编写的《中国文学史》，在谈到李瓶儿的性格塑造时也认为不真实，说：“李瓶儿对待花子虚和蒋竹山是凶悍而狠毒的，但是在做了西门庆的第六妾之后却变得善良和懦弱起来，性格前后判若两人，而又丝毫看不出她的性格发展变化的轨迹。”在谈到春梅的形象时，也认为“庞春梅在西门庆家里和潘金莲是狼狈为奸的，她刁钻精灵，媚上而骄下，是一个奴才气十足的形象；然而在她被卖给守备周秀为第三妾，又因生子金哥扶正为夫人之后，她在气质上的改变竟恂恂若当时封建贵族妇女，也是很不真实，缺乏逻辑和必然过程的”。

对《金瓶梅》人物塑造的简单化的批评曾有文章提出了质疑。我是同意他们的意见的，但从理论上来说，有一些说法，实际上是否定人物身上的多色素，而追求单一的色调。事实是，小说并没有把西门庆写成单一色调的恶，也不是把美丑因素随意加在他身上，而是把他放在他所产生的时代背景、社会条件、具体处境上，按其性格逻辑，写出了他性格的多面性。在中国小说史上有不少作品不乏对人物性格简单化处理的毛病，比如鬼化否定性人物的现

明　戴进《三顾茅庐图》

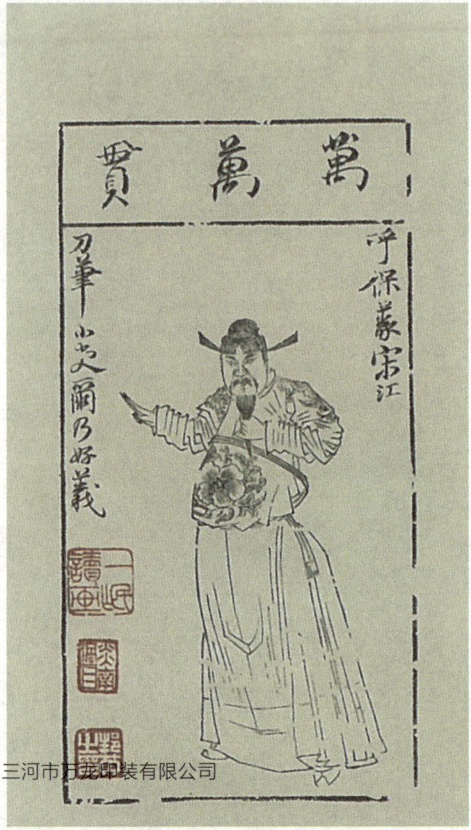

万万贯呼保义宋江

明　无名氏绘《西游记图册》

宋　张择端《清明上河图》局部

清　孙温《彩绘〈红楼梦〉》

清人绘《金瓶梅词话》插图

清　倪田《昭君出塞图》

明　仇英《西厢记图册》

明　商喜《关羽擒将图》

曹操

黄忠

刘备

孔明

《牡丹亭》插图

象，这往往是出于作者主观臆想去代替否定性人物的自身性格逻辑的结果。这种艺术上的可悲的教训，不能不记取。我们不妨听听契诃夫的写作体会：为了在七百行文字里描写偷马贼，我得随时按他们的方式说话和思索，按他们的心理来感觉，要不然，如果我加进主观成分，形象就会模糊。契诃夫说得多好啊！要求否定性人物的性格的真实性，不能凭主观臆断，只能通过作者描写在特定环境中所呈现出的个性、灵魂和思想感情。可以这样说，获得否定性人物的美学价值的关键，就在于让他按照自己的性格逻辑走完自己的路。

从小说艺术自身发展来说，应当承认，《金瓶梅》对于小说艺术如何反映时代和当代人物进行了大胆的、有益的探索，打破了或摆脱了旧的小说观念和旧模式的羁绊，这是值得我们重视的。因为这种新的探索既是小说历史赋予的使命，也是现实本身提出的新课题。这意味着《金瓶梅》的作者已经不再是简单地用黑白两种色彩观察世界和反映世界了，而是力图从众多侧面去观察和反映多姿多彩的生活和人物。小说历史上那种不费力地把他观察到的各式各样的人物硬塞进“正面”或“反面”人物框子去的初级阶段的塑造性格的方法，已经受到了有力的挑战。多色彩、多色素地去描写他笔下人物的观念，已经随着色彩纷繁的生活的要求和作家观察生活的能力的提高，而提到小说革新的日程上来了——寻求一种更为高级、更为复杂的方式去塑造活生生的杂色的人。

应当说，这就是《金瓶梅》以它自身的审美力提示出的小说观——小说的潜能被进一步开掘出来，它昭示给我们，书中的“人物是他们的时代的五脏六腑中孕育出来的”（巴尔扎克语）。关于小说中的人物刻画我在《〈金瓶梅〉六人物论》一文中做了详细的分析。

令人感慨系之的是，中国小说发展史上却总是打上这样的印记，即在一部杰出的或具有突破性的小说产生以后，总是模仿者蜂起，续貂之作迭出。它们以此为模式，以此为框架，结果一部部公式化、模式化的作品一涌而出，填充着当时的整个说部，把小说的艺术又从已达到的水平上强行拉下来。这种现象一直要等到另一位有胆有识的小说家以其杰出的作品对抗这一逆流，并站稳脚跟以后，才能结束那不光彩的一页。此种情况往往循环往复，于是构成了中国小说的发展轨迹始终不是直线上升的形式，而是走着螺旋式上升的发展道路。对于这种现象，曹雪芹已经以他艺术家的特有敏感和丰富的小说史知识，发现并提出了中肯的批评和很好的概括，而且力图用自己的作品来结束小说史上的这种局面，他在《红楼梦》第一回里说：

况且那野史中，或讪谤君相，或贬人妻女，奸淫凶恶。不可胜数；更有一种风月笔墨，其淫秽污臭，最易坏人子弟，至于才子佳人等书，则又开口"文君"，满篇"子建"，千部一腔，千人一面，且终不能不涉淫滥。在作者不过要写出自己的两首情诗艳赋来，故假捏出男女二人名姓，又必旁添一小人拨乱其间，如戏中的小丑一般，更可厌者，"之乎者也"，非理即文，大不近情，自相矛盾。竟不如我这半世亲见亲闻的几个女子，虽不敢说强似前代书中所有的人，但观其事迹原委，亦可消愁破闷；至于几首歪诗，也可以喷饭供酒，其间离合悲欢，兴衰际遇，俱是按迹循踪，不敢稍加穿凿，至失其真。

对于曹雪芹的这段评论，学术界尚有不同看法，但是我认为曹雪芹的批评并非是"牢牢地压住了那么多作品致使它们不得翻身"。不可否认，在过去古典小说研究领域确实存在过那种"一丑百丑"的简单化批评的弊端，时至今日，我们确实不应再那么粗暴了，而是要对具体作品进行具体分析，对每一部作品做出科学的评价。然而，不容否认，从作为一种小说思潮来看，明末清初之际的小说，读起来何尝没有似曾相识之感呢？才子佳人小说，大都写一对青年男女，男的必定是聪明才子，女的必定是美貌佳人，或一见钟情，或以诗词为媒介，顿生爱慕，双方私订终身；当中出了一个坏人，挑拨离间，多方破坏，使男女主人公经历种种波折磨难；最后，才子金榜题名，皇帝下诏昭雪冤屈，惩罚坏人，奉旨完婚——皆大欢喜的结局。生活画面和人物塑形几乎雷同，模式化的倾向极为严重，“千人一面”和“千部一腔”的批评并非过分。因为或是模仿，或是续貂，可以说都是对《金瓶梅》已经开创的写出“杂色的人”的小说观的倒退，其消极作用也不容低估。我视野极窄，仅就所看到的《好逑传》《赛红丝》《玉娇梨》《平山冷燕》等作品来看，虽“有借爱情与婚姻的外壳而抨击社会生活”的，“有因正义美行而导致姻缘的”一面，但是人物的塑形几乎都是皮相的，缺乏我们所要求的“典型环境中的典型性格”。比如《玉娇梨》里两位小姐白红玉、卢梦梨与《平山冷燕》里的山黛、冷绛雪两位小姐，从外貌到精神状态都极为相似。她们的美貌、才情和际遇、团圆以及模范地恪守封建规范都如出一辙。像《平山冷燕》中燕白颔和山黛、平如衡和冷绛雪的爱情关系，《玉娇梨》中苏友白和白红玉、卢梦梨的爱情关系，乃至《好逑传》中铁中玉和水冰心的爱情关系，都成了欲爱又休、口是心非、情感与行动矛盾的不正常关系。学术界有人认为是宋明理学对明清之际小说的模式化起了很大作用。因为宋明理学以性抑情，于是抹杀了小说形象的个性，使得人物形象越来越概念化、公式化和脸谱化。小说中的人物，往往吟风弄月而不离孔孟之道，真情实意归于理学，这说明了理学教条主义对人物形象塑造的破坏性。这种看法，是耶？非耶？还有待研究。但从创作实践去总结艺术规律，我们却可以明确地说，从某种格式出发的公式化、概念化的作品，或带有这种倾向的作品，人物都是单一的，没有丰满的血肉，没有可信的心灵世界和鲜明的个性，而是类型化的角色，这就是俗话所说：从一个模子里铸出来的人，当然难免要产生千部一腔、千人一面的平庸乏味的作品了。

在我们走进《金瓶梅》的艺术世界时，也许它的故事并没有使我们不忍释卷。在我看来，它的十几个甚至二十几个活生生的形象却吸引我们关注他们的命运，同时又去领略他们是如何在命运的轨迹上行走着、旋转着，这就是《金瓶梅》艺术魅力之所在。走笔至此，陡然想起德国伟大作家歌德，他在自己的“谈话录”中不无感慨地说：

> 艺术的真正生命在于对个别特殊事物的掌握和描述。此外，作家如果满足于一般，任何人都可以照样模仿；但是，如果写出个别特殊，旁人就无法模仿，

因为没有亲身体验过。[1]

信哉斯言！

追魂摄魄　白描入骨

世界上许多文学巨擘都曾在语言雄关前经过艰苦的战斗，冲破了一道道“贫乏”“单调”“繁冗”“含混”“枯燥”的防线，才逐步走上“鲜明”“生动”“形象”“准确”的坦途。事实上，即使是我们最熟悉的那些一流的作家，在一生创作中令他苦恼不堪的也仍然是语言的问题，这就是人们所说的“语言痛苦症”。比如在语言上下过那么大功夫的高尔基也曾受过这病症的折磨，他坦言：

> 我的失败时常使我想到一位诗人所说的悲哀的话，“世上没有比语言的痛苦更强烈的痛苦”。[2]

说实在的，一部文学作品里，如果缺乏鲜明、生动、形象的语言，如果没有玲珑剔透、宛如浮雕似的使意象呈现出来的语言，如果没有妙语连珠、佳句迭出的警策的格言，

1 《歌德谈话录》，人民文学出版社 1978 年版，第 10 页。

2 高尔基：《谈谈我怎样学习写作》，见《论文学》，人民文学出版社 1978 年版。据我所知，他引的诗人的话，是（俄）一个叫纳德松的人讲的。

那么即使故事不错、主题正确，作品的整体也会显得平平，而失去光彩照人的艺术魅力，所谓的文学性和形式美感也会丢掉一大半。妙语佳句在文学作品中之所以那么重要，是因为它们的确显示了一个作家的思想水平、艺术功力和灵、智二气。

然而复杂的是，同样都是语言艺术，由于文体和形态的不同，语言的传达和表述、节奏与格调、换位与切分等也往往同中有异，其中大有学问在。仅就诗与散文来说，从表象看，诗的语言就常会透露出散文语言没有的光辉，而散文中显得十分平凡的字句，有时竟会在诗歌中产生意想不到的艺术效果。而作为叙事艺术的小说文体又和诗、散文有了更大的差异，它们除了语言的一般规则要求之外，小说家在语言使用上的缜密、贴切，还同他对情节中各个部分相互关系的深入认识有很大关系。读者朋友可能都熟悉鲁迅在写《阿 Q 正传》时，为了准确地把握小说的语言表达方式——我们从他的手稿中可以看到——把“满把是钱”改成了“满把是银的和铜的”。俄国伟大作家陀思妥耶夫斯基，曾经为了追求小说的形象性，认为他笔下所写的“有个小银元落在地上”这个句子不理想，而改成了：“有个小银元，从桌上滚落了下来，在地下丁丁当当地跳着。”这真如后来一些作家称赞的那样：使读者看到语言所描写的东西就像看到了可以触摸的实体一样。在这里，我们不正是从小说的写实性的语言符号所呈现的意味中，找到了生活中的对应现象了吗？一个再浅显不过的道理说明，文学的语言，不仅要求“骨骼”，还要求“血肉”；不仅要求“梗概”，还要求“细节”；不仅要求“形似”，还要求“神似”。总之，精彩的文学作品，使用的总是能够描绘形象的语言。也许这一点对作为叙事艺术的小说更为关键。

以上对文学语言、特别是叙事文学的小说语言说了我的一些感受，目的仅仅是为分析《金瓶梅》的语言做一些铺垫，意在说明：现实主义小说的语言力图尽量接近事物的本来面目，从而使抽象的文字符号产生逼真的艺术效果。对《金瓶梅》的文学语言是大可研究一番的。

21 世纪初（2002 年），我和我的朋友、苏州大学语言学专家曹炜教授合著了一部《〈金瓶梅〉的艺术世界》，由台北文史哲出版社印行。书中所有有关《金瓶梅》的文学语言的研究都由曹炜教授撰写。我在通读全书书稿时就已感到，曹先生对《金瓶梅》人物语言的微观世界和宏观世界都有独到的见解。现在我想在他的研究基础上进行一些更通俗化的说明。

要研究和说明《金瓶梅》文学语言的魅力，我认为应该明确以下三个前提，只要把握了这三项前提，我们就会比较容易理解这部小说对语言艺术做了何等重要的贡献。

1. 小说所写，大部分是庸俗、卑琐的生活与人物，以此反映时代、人生和众生相。

2. 小说提供的乃是化庸陋、卑下甚至丑恶的生活和人物为艺术形象之后，所产生的艺术美。我们读此书就是以这种非美的事物、丑的事物为对象的一种审美活动。《金瓶梅》是一株丑之花、恶之花。

3. 家庭之内，妻妾合气斗口，事极琐屑，而其中所塑造之众多人物，各有面貌、心理、话语、动作、性情，声息如画，纷然并陈。有些情节决然不能入于他书，即或采以入书也只能作为点缀，甚或成为赘笔，然而在《金瓶梅》中却不是侧笔、插曲、败笔，而是正笔、胜笔。

据此，我们可以沿着小说情节的滚动逐步看清这部小说在人物语言上的三大特点，即性格化（或曰个性化）、平民化、市井气。以上三大特色，几乎都是用人物对话显现出来，这种人物对话其比重远远超过叙述语言。笑笑生赋予人物对话以多种艺术功能：交代正在进行的、打算进行的、已经进行的事情，烘染环境、氛围，指明器物，带出动作，隐喻表情、心理、性格、人物关系等。笑笑生笔下的人物对话，容量大而多变，技巧精而繁复。至于口语、俗语的纯粹、丰富、生动，表现力之强，作者运用口语俗语的娴熟漂亮，得心应手，都使人惊叹。现在就让我们看看、听听这些鲜活的人物语言吧！

首先让我们看看书中着墨不多的小角色。小说开篇不久，王婆出场了。西门庆向她打听潘金莲是谁的娘子，她张口便说："他是阎罗大王的妹子，五道将军的女儿。"西门庆称赞她的梅汤做得好，有多少在屋里。她装疯卖傻地回答："老身做了一世媒，那讨得一个在屋里！"西门庆请她为自己做媒，她便有意捉弄他，让西门庆感兴趣的那位"生得十二分人才，只是年纪大些"的娘子，竟然是"丁亥生"、属猪的、"交新年恰九十三岁"的老妇人。这种调侃，把西门庆拿捏得急不得、恼不得，只能厚着脸皮求她帮忙。

而到了下一步，在为西门庆定下十件挨光计时，王婆的精细和老谋深算则发挥到了极致，她一口气竟然说了 1016 个字，真让人不能不佩服这个媒婆的语言"功力"。后来西门庆踢伤武大郎，怕武松回来算账，只是"苦也""苦也"地叹息。而王婆却在关键时刻冷静沉着，她对着哭丧着脸的西门庆说："我倒不曾见，你是个把舵的，我是撑船的，我倒不慌，你倒慌了手脚。"西门庆听了这番话，承认自己"枉自做个男子汉"！本来王婆和西门庆是两个地位、身份很不相同的人，然而现在西门庆有求于王婆，只好放下身段，一句硬话也不敢说，被王婆反复调侃、捏弄，“唯命是从”。王婆的几次“发言”，只有出自她之口。从开始对西门庆的油腔滑调到后来对潘金莲嘱咐时所说的狠话，我们真的感到还是金圣叹说得正确，“一样人，便还他一样说话”。此话虽然是说的《水浒传》的语言艺术，但也可用于《金瓶梅》中的人物语言。

人物之间的对话最易显示人物性格，这是生活中的逻辑，而在小说文本中，通过人物之间的对话表现人物的性格特点，同样是艺术上的逻辑。

在这个基础上，我们还可以考虑考虑《金瓶梅》的语言艺术是不是在写人物时已经超越了“性格”。我认为笑笑生不大写一般意义上的“性格”，他甚至连人的外貌都写得很少，几笔吧。他写的是人的内在的东西，人的气质，人的“品”。笑笑生写人物，所用的语言往往是得其精而遗其粗。他的语言风格，看似随意，实则谨严，即使是通俗小说难以避免的造噱头，吸引眼球，你也会感到他是如何以写人为中心，而且写的是生活中真实的人。最经典的例子是小说第七十五回和第七十六回吴月娘与潘金莲的合气斗口：

> 当下月娘自知屋里说话，不妨金莲暗走到明间帘下，听觑多时了，猛可开言说道：“可是大娘说的，我

打发了他家去，我好把拦汉子！”月娘道：“是我说来，你如今怎么的我？本等一个汉子，从东京来了，成日只把拦在你那前头，通不来后边傍个影儿。原来只你是他的老婆，别人不是他的老婆？行动题起来：‘别人不知道，我知道。’就是昨日李桂姐家去了。大妗子问了声：李桂姐住了一日儿，如何就家去了，他姑父因为甚么恼他？教我还说：谁知为甚么恼他。你便就撑着头儿说：‘别人不知道，自我晓的。’你成日守着他，怎么不晓的！”金莲道：“他不来往我那屋里去，我成日莫不拿猪毛绳子套他去不成？那个浪的慌了也怎的？”月娘道：“你不浪的慌，你昨日怎的他在屋里坐好好儿的，你恰似强汗世界一般，掀着帘子硬入来叫他前边去，是怎么说？汉子顶天立地，吃辛受苦，犯了甚么罪来，你拿猪毛绳子套他？贱不识高低的货，俺每倒不言语，只顾赶人不得赶上。一个皮袄儿，你悄悄就问汉子讨了，穿在身上，挂口儿也不来后边题一声儿。都是这等起来，俺每在这屋里放小鸭儿？就是孤老院里也有个甲头。一个使的丫头，和他猫鼠同眠，惯的有些摺儿，不管好歹就骂人。倒说着你，嘴头子不伏个烧埋。”金莲道：“是我的丫头也怎的？你每打不是？我也在这里还多着个影儿哩。皮袄是我问他要来，莫不只为我要皮袄，开门来也拿了几件衣裳与人，那个你怎的就不说来？丫头便是我惯了他，我也浪了图汉子喜欢。像这等的，却是谁浪？”吴月娘乞他这两句触在心上，便紫涨了双腮，说道：“这个是我浪了，随你怎的说。我当初是女儿填房嫁他，不是趁来的老婆。那没廉耻趁汉精便浪，俺每真材实料不浪！”被吴大妗子在跟前拦说：“三姑娘，你怎的？快休舒口。”饶劝着，那月娘口里话纷纷发出来，说道：“你害杀了一个，只少我了。”孟玉楼道：“耶哧耶哧，大娘，你今日怎的这等恼的大发了。连累着俺每，一棒打着好几个人，也没见这六姐，你让大姐一句儿也罢了，只顾打起嘴来了。”大妗子道：“常言道：要打没好手，厮骂没好口。不争你姊妹们攘开，俺每亲戚在这里住着也羞。姑娘，你不依，我去呀。嗔我这里，叫轿子来，我家去罢。”被李娇儿一面拉住大妗子。那潘金莲见月娘骂他这等言语，坐在地下就打滚打脸上，自家打几个嘴巴，头上鬏髻都撞落一边，放声大哭，叫起来说道：“我死了罢，要这命做什么！你家汉子说条念款说将来，我趁将你家来了？彼时恁的也不难的勾当，等他来家，与了我休书，我去就是了。你赶人不得赶上！”月娘道：“你看就是了，泼脚子货！别人一句儿还没说出来，你看他嘴头子就相淮洪一般。他还打滚儿赖人，莫不等的汉子来家，好老婆，把我别变了就是了。你放恁个刁儿，那个怕你么？”那金莲道：“你是真材实料的，谁敢辨别你？”月娘越发大怒，说道：“好，不真材实料，我敢在这屋里养下汉来？”金莲道：“你不养下汉，谁养下汉来？你就拿主儿来与我！”玉楼见两个拌的越发不好起来，一面拉起金莲：“往前边去罢。”却说道：“你恁的怪剌剌的，大家都省口些罢了。只顾乱起来，左右是两句话，教他三位师父笑话。你起来，我送你前边去罢。”那金莲只顾不肯起来，被玉楼和玉箫一齐扯起来，送他前边去了。……

下面还有很多精彩的段子，我很舍不得删去，但受篇幅限制，留待读者去阅读吧！不过仅就我抄录的还不到两千字，人们是不是可以有窥其全豹的感觉呢？这里不仅仅是吴月娘和潘金莲两个人的合气斗口，孟玉楼和吴大妗子也参与其中了。这种对话的形式是非常出色的，它属于多人立体交叉式的对话，是“七嘴八舌”的多声部，是美学家巴赫金所说“众声喧哗”。因此，这里的场面就不再是平面化的两极对垒，而是多极交叉的立体化的多声部的对话，这才是从生活中来又进行了提炼、升华的，它已成为中国古典小说运用对话写人物的经典例证。

以上是从形式上讲。那么，如我上文所言，这种写法还有一个更内在的作用，即写出人的气质、素质和人的“品”来。

小说第七十五回以前，吴月娘和潘金莲的矛盾还未公开化，大部分矛盾都不是她们之间的正面冲突，而是因他人他事引出来的摩擦。到了第七十五回，两个人的矛盾正式进入公开化。这一次的大争吵，从事情的内容来说并不新鲜，无非是将陈年老账重新翻出来进行一次总清算。吴月娘一反常态，和潘金莲你来我往，唇枪舌剑，针锋相对，好不热闹。两个人围绕到底是谁把拦汉子，该不该尊重大老婆当家理财的权力；是不是纵容了丫头使性子骂人；谁是真材实料，谁又是趁来的老婆；连李瓶儿之死的根由也一并提出。吴、潘的这次对决，归根结底是个名分的问题。吴月娘早已感到她的主妇地位在潘金莲面前与心中屡屡受到挑战。潘金莲从开始对吴月娘的奉承，到后来的有恃无恐，吴月娘看得一清二楚。她几次都觉得潘金莲是有意冲撞她的大老婆尊严，也曾想钳制一下潘金莲的得意忘形。机会终于来了，吴月娘的一反常态其实是有根据的，她不能不在这个关键时候出手，杀杀她的威风，旗帜鲜明地维护自己的妻权。而潘金莲的劣势恰恰被吴月娘当众揭了个底儿掉，原来妻权这个幽灵还是隐隐地制约她的行为，而现在吴月娘连表面文章也不做，直斥她是杀人的凶手，是“趁来的老婆”。这对于潘金莲是无法忍耐的，一番撒泼打滚，丝毫没有挽回自己的颓势，如果不是孟玉楼帮忙，她是很难下这个台阶的。所以我说，这里是有“性格”的，但更是写了两个人的“品”。吴月娘这位一向举止持重、性格温柔敦厚的人，这次也一反常态而“紫漒了双腮”，决意要争个高低了。后续的故事正是证明了这一点，你听吴月娘在大局已定以后说：

> 无故只是大小之分罢了……汉子疼我，你只好看我一眼罢了。

后来孟玉楼劝潘金莲向吴月娘道歉，潘金莲终于“插烛也似与月娘磕了四个头”，忍气吞声地说道：

> 娘是个天，俺每是个地。娘容了俺每，俺每骨秃扠着心里。

笑笑生把人物写到这份儿上，读者不能不承认他追魂摄魄、白描入骨的功力了。在性格的潜隐层次的开挖上，让我们今天的读者真的领略、享受了小说大师的艺术腕力，他实在太有实力了。

《金瓶梅》在小说语言艺术上的成就和贡献是多方面的。自它诞生不久，诸多名家就有过很高的评价。当时针已拨到21世纪，在对它一读再读的过程中，我们的体会也更加深入了。因篇幅所限，我们不能展开来说，然而有一点，我想谈谈自己的看法。

《金瓶梅》确实有粗俗的那一面，其中人物语言的粗俗就是一个很显眼的毛病。然而在诸多原因外，小说的规定情境已经决定了它的语言运用，比如男女床第间、闺阁中的私语，以淫词打趣他人、以淫词咒骂他人、说性事以取乐等确实有些过火，缺乏一种语言的文学转换。可是总观《金瓶梅》的语言艺术，给我的最深刻的印象是它的"活"。"活"是鲜活，不是已死的语言；是活动，所以不是僵化的语言；是活泼，不是用滥了的套话；"活"更在于它全然是生活中富有个性的、有情趣的、形象鲜明的语言。一经它的运用，就又在生活中流行了起来。它稍作修饰就还给了生活。于是我们从后来人们说的话中得到了印证，更从小说、戏曲、讲唱文学和野史笔记中看到了它的存在，看到了它依然那么鲜活，看到了它强大的生命力。不妨再举一个经常被人们引用的例子。小说第八十五回西门庆死后，潘金莲肆无忌惮地与陈经济勾搭，不巧被吴月娘撞见。吴月娘此时再无任何顾忌，直截了当地和潘金莲摊牌，然而又如此讲“策略”，她说：

> 六姐，今后再休这般没廉耻！你我如今是寡妇，比不的有汉子。香喷喷的在家里，臭烘烘的在外头，盆儿罐儿都有耳朵，你有要没紧和这小厮缠甚么！教奴才们背地排说的磣死了！常言道：男儿没性，寸铁无钢；女人无性，烂如麻糖。其身正，不令而行；其身不正，虽令不行。你有长俊正条，肯教奴才排说你？在我跟前说了几遍，我不信，今日亲眼看见，说不的了。我今日说过，要你自家立志，替汉子争气。

这是吴月娘在西门庆死后对潘金莲一次很重要的“训词”。前面我对第七十五回做过一些分析，吴、潘的关系是很紧张的。而西门庆死后，作为一家之主，吴月娘面临着太多太多的困难。此次发现潘金莲的丑事，她既没有暴跳如雷，也没有幸灾乐祸，更未落井下石、大肆宣扬，而是在“训词”中充满了晓之以理、动之以情和又打又拉的味道，在语言运用上确实有可圈可点之处。说兰陵笑笑生是“炉锤之妙手”（谢肇淛语）不是过誉。这番“推心置腹”的言辞仍属“市井之常谈，闺房之碎语”（欣欣子序），但出自吴月娘之口也还是“语重心长”的。用语之妙，是比干巴巴的说教更灵动的鲜活的家常口语，像“香喷喷的在家里，臭烘烘的在外头”，这话用得极贴切又形象。又如“盆儿罐儿都有耳朵”的比喻更是活泼泼的俚语。《金瓶梅》中的这些例子在书中俯拾即是，都体现了作者力求口语化的功力。这种鲜活、真切、自然、生动、形象的特点，大大有助于塑造个性化的人物形象。

《金瓶梅》语言的世俗化、平民化特点是朴实无华，有些近似现实生活的实录，人们很难看出雕琢乃至加工的痕迹，你也许觉得很粗糙，但它带着原生态的野味。比如第二十五回，来旺听说妻子宋惠莲与西门庆勾搭成奸，又见到箱子里的首饰衣服，便问宋惠莲是从哪儿弄来的，下面是宋惠莲的一番精彩的言辞：

> 呸，怪囚根子！那个没个娘老子？就是石头狢刺儿里迸出来，也有个窝巢儿；枣胡儿生的，也有个仁儿；泥人合下来的，他也有灵性儿；靠着石头养的，也有个根绊儿；为人就没个亲戚六眷？此是我姨娘家借来的钗梳！是谁与我的？白眉赤眼，见鬼倒死囚根子。

用曹炜教授的评论：“这种话语在经史子集中看不到，在书房里、贵族世家的深宅大院里听不到，若不接触下层平民，断然写不出。”确实，《金瓶梅》经常给我们耳目一新的感觉，它一扫文人词汇的呆板、僵化的毛病，给人的是真切、生动的感觉。

民间的俗语、谚语、歇后语是民众口语的精华，是人民智慧的结晶。《金瓶梅》把这些语言精粹运用得得心应手，它为整部小说的叙事抒情对谈生姿增色，读来令人神旺。

仅从歇后语来看，《金瓶梅》用量之多、表现之准确也是很多小说难以匹敌的。如“促织不吃癞蛤蟆肉——都是一锹土上人”（第二十四回）；“东净里砖儿——又臭又硬”（第二十回）；“瓮里走风鳖——左右是他家一窝子”（第四十三回）；“卖萝卜的跟着盐担子走——好个闲嘈心的小肉儿”（第二十回）。像民间谚语的运用，如“吃着碗里，看着锅里”（第十九回）；“母狗不掉尾，公狗不上身”（第七十六回）；“急水里怎么下得桨”（第三十六回）；“篱牢犬不入”（第二回）；“船载的金银，填不满烟花寨”（第十二回）。这些谚语凝练、生动、形象，大大加强了语言的感染力、表现力，产生了风趣、简洁、化抽象为具体的艺术效果。

《金瓶梅》中更有大量方言词汇，这些词汇当然有地方特色，然而经小说作者提炼和筛选，我们很容易把握其内容。如“胡说”，则称“咬蛆儿”（第二十七回），“隐瞒”

则称“合在缸底下”（第二十回），“干老行当”则称“吃旧锅里粥”（第八十七回），“不正经”则称“不上芦席”（第七十六回），“贪图小利”则称“小眼薄皮”（第三十三回），“根本不存在的事情”则称“三个官唱两个喏”（第七十三回）……这些原本显得抽象的意义，经由方言词语道出，就变成可以听到、可以看到、可以触摸到的具象化的东西了。

《金瓶梅》语言艺术研究专家一般认为《金瓶梅》的叙述语言显得有些杂乱，对此我有同感。我认为《金瓶梅》的人物语言确实优于它的叙事语言。曹炜教授把《金瓶梅》的叙述语言比喻为：“是一个万花筒，又是一盘大杂烩。”他说：

> 万花筒云云，是说她文字表达往往锦团花簇，气象万千，具有较高的艺术水准和较强的艺术表现力；大杂烩云云，乃是说她泥沙俱下，良莠混杂，有精华，也有糟粕。因此，评价《金瓶梅》的叙述语言，需坚持实事求是的原则，一切从文本出发，一味褒扬固然不足取，全盘否定更是要不得。[1]

我想他的这些意见值得我们看这部奇书时参考。

1 曹炜、宁宗一著：《〈金瓶梅〉的艺术世界》，台北文史哲出版社 2002 年版，第 181 页。

心灵的绝唱[1]

——《红楼梦》论痕

《红楼梦》在中国小说艺术发展史上，既结束了一个时代，也开创了一个时代。它的作者曹雪芹比托尔斯泰、巴尔扎克、狄更斯等世界性的艺术巨擘，要早一个世纪就登上了全球文学的高峰。同时，《红楼梦》还是与整个中国民族文化紧紧联系在一起的，人们一提起《红楼梦》，就自然想到了中国民族文化，而一提起中国民族文化，就自然想到了《红楼梦》。

然而，把我国古代小说发展推向顶峰的曹雪芹，在其生前与身后并不是都获得了人们应有的认识，尽管他的

1 本文原为为人民文学出版社《世界文学名著文库・红楼梦》（2000 年版）一书所写的《前言》。

《红楼梦》从一问世就受到读者的喜爱，以高价争购这部令人入迷的小说，达到了“开谈不说《红楼梦》，读尽诗书是枉然”（《京都竹枝词》）的程度，但有关作者的真实情况却很少有人记述。直到20世纪20年代初，胡适考订《红楼梦》的作者为曹雪芹，又经过半个多世纪学者们的考索，才使我们对《红楼梦》作者有了一些并不详尽的了解。

曹雪芹名霑，字梦阮，号雪芹，又号芹圃、芹溪，生于清代康熙末年（1715 ？ ）。先世原是汉族，大约在明代后期被编入满洲正白旗，身份是“包衣”。这种“包衣”的家庭，对皇帝，他们是奴才；而论其地位，则又属贵族。曹雪芹的曾祖曹玺任江宁织造，曾祖母孙氏是康熙的保姆，祖父曹寅做过康熙的伴读和御前侍卫，后任江宁织造兼两淮巡盐御史，极受康熙帝宠信。曹寅死后，其子曹颙、曹頫先后继任江宁织造。祖孙四人担任此职达六十年之久。曹雪芹自幼就是在这“秦淮风月”之地的“繁华”生活中长大的。

雍正登位后，曹家即卷入了皇室激烈斗争的旋涡之中，并遭受一系列打击。雍正五年（1727）曹頫获罪革职，第二年被查抄，后曹雪芹随全家迁回北京。曹家从此一蹶不振，至迟到1756年曹雪芹移居北京西郊，陷入了“举家食粥酒常赊”（敦诚《四松堂集·赠曹芹圃》）的贫困境地。

至乾隆二十七年（1762），雪芹幼子夭亡，他陷于过度的忧伤和悲痛中。到了这一年的除夕（1763 年 2 月 12 日），终因贫病无医而逝世。

据其友人的描绘，雪芹“身胖，头广而色黑”。（裕瑞《枣窗闲笔》）他性格傲岸，豪放不羁，嗜酒，才气纵横，善谈吐，能诗善画。同时代的敦诚说他“诗笔有奇气”“诗胆昔如铁”（敦诚《四松堂集·赠曹芹圃》），把他比作唐代诗人李贺。但他的诗仅存题敦诚《琵琶行传奇》两句：“白傅诗灵应喜甚，定教蛮素鬼排场。”

曹雪芹喜绘突兀奇峭的石头。敦敏《题芹圃画石》说：“傲骨如君世已奇，嶙峋更见此支离。醉余奋扫如椽笔，写出胸中块垒时。”可见他喜画石头乃是寄托胸中郁积不平之气。这些都从某一个角度勾勒了曹雪芹的才情风貌和性格素养。

曹雪芹由锦衣玉食坠入绳床瓦灶，个人遭遇的不幸促使他对生活有了更深切的感悟，人生况味的咀嚼以及自身的文化反思，对其创作的推动更为巨大。所以，在一定意义上我们可以把《红楼梦》看作曹雪芹的心灵自传。

《红楼梦》原名《石头记》。在 1754 年脂砚斋重评的《石头记》中已经有了“十年辛苦不寻常”和“披阅十载，增删五次”的说法。据此推断，大约在 1744 年，曹雪芹即饱蘸着生命的血泪开始创作《红楼梦》。但是直到他“泪尽而逝”时，也未能完成全篇，仅以并不完整的八十回传世。现在看到的《红楼梦》后四十回，一般认为是高鹗续补的。高鹗，字兰墅，别号红楼外史，1795年中进士，做过内阁中书等官。他续补《红楼梦》是在1791年以前。后四十回可能根据原作者残存的某些片段，追踪原书情节，完成了宝黛爱情悲剧，使全书故事首尾完成。尽管后四十回的续书有不少不尽如人意的地方，但原作八十回强大严密的诗意逻辑和美学趋势，还是被高鹗不同程度地继承了下来。因此，从二百余年的《红楼梦》的传播史和接受史上来观照，仍然可以证明它是比任何续书都更具有特点和更为差强人意的续补。

《红楼梦》的艺术世界异常迷人，它的思想文化底蕴极其深邃，它对许多读者的精神生活曾经发生并仍在发生着强烈的影响。在中国小说史上，还没有像《红楼梦》这样能够细致深微然而又是如此气魄阔大地从整个社会的结构上反映生活的复杂性和广阔性的作品。可以毫不夸张地说，《红楼梦》正是当时整个社会（尤其是上层社会）面貌的缩影，也是当时社会整个精神文化（尤其是贵族和知识分子阶层的精神文化）的缩影。难怪人们发出这样的感喟：《红楼梦》里凝聚着一部二十四史。是的，《红楼梦》本身就是一个丰富的、相当完整的人间世界，一个绝妙的艺术天地！然而，《红楼梦》又是一部很难读懂的小说。事实上，作者在写作缘起中有诗曰：

> 满纸荒唐言，一把辛酸泪。
> 都云作者痴，谁解其中味？

这首诗不仅成了这本书自身命运的预言，同时也提示读者作品中寄寓着极为深邃的意味。

如果把《红楼梦》当作人类审美智慧的伟大的独创性体系对待，而不是简单地从中寻找社会政治史料和作家个人的传记材料，就需要回到《红楼梦》的文本深层，因为只有面对小说文本，才能看到作者把主要笔力用之于写一部社会历史悲剧和一部爱情悲剧。这幕悲剧的中心舞台就设置在贾府尤其是大观园中，因此，它对社会历史的反映既是形象的，又是折射式的。而作品主人公贾宝玉、林黛玉、薛宝钗、王熙凤等绝慧一时的人物及其命运，尤其是他们爱情婚姻的纠葛，以及围绕这些纠葛出现的一系列各种层次的人物面貌及其际遇，则始终居于这个悲剧舞台的中心。其中令读者最为动容的是宝黛的爱情悲剧。因为他们不仅在恋爱上是叛逆者，而且还因为他们是一对叛逆者的恋爱。这就决定了宝玉和黛玉的悲剧是双重的悲剧：封建礼教和封建婚姻制度所不能容许的爱情悲剧，和上流社会以及贵族家庭所不容许的叛逆者的悲剧。作者正是把这双重悲剧融合在一起着笔，它的意义就更为深广了。

《红楼梦》的深刻之处还在于它使家庭矛盾和社会矛盾结合起来，并赋予家庭矛盾以深刻的社会矛盾的内容，因而《红楼梦》所描写的贾府中的种种矛盾，以及宝玉、黛玉、宝钗等诸多人物的爱情、婚姻的冲突，在一定意义上就是当时社会各种矛盾的反映。既然如此，小说的视野一旦投向了全社会，那么，政治的黑暗、官场的腐败、世风的浇漓、人心的衰萎，便不可避免地会在作品中得到反映。书中所着力描写的荣国府，就像一面透视镜似的，凝聚着当时社会的缩影。这个封建大家族，也正像它所寄生的那个将由盛转衰的清王朝一样，虽然表面上还维持着煊赫的豪华场面，但那“忽喇喇似大厦倾”的趋势，却已从各方面掩饰不住地暴露出来。而这一切也正符合全书的以盛写衰的创作构思的特点。

《红楼梦》一经出现，就打破了传统的思想和手法，从而把长篇小说这种文体推进到一个崭新的阶段。如果从小说美学色素和典型意绪加以观照，曹雪芹是偏重于感觉型的小说家，甚至可以说，曹雪芹作为小说家的主要魅力，非常清晰地表明，他是凭借对活泼泼流动的生活，以惊人准确绝妙的艺术感觉进行写作的。或者说，曹雪芹小说中的思想精灵，是在他灵动的艺术感觉中，在生活的激流中，做急速炫目的旋转的。在《红楼梦》中，让你看到的是幽光狂慧，看到天纵之神思，看到机锋、顿悟、妙谛，感到如飞瀑、如电光般的情绪速度。可以这么说，出于一种天性和气质，从审美选择开始，曹雪芹就自觉偏重于对美的发现和表现，他愿意更含诗意地看待生活，这就开始形成了他自己的特色和优势。而就小说的主调来说，《红楼梦》既是一支绚丽的燃烧着理想的青春浪漫曲，又是一首充满悲凉慷慨之音的挽诗。《红楼梦》写得婉约含蓄，弥漫着一种多指向的诗意朦胧，这里面有那么多的困惑。那种既爱又恨的心理情感辐射，确实常使人陷入两难的茫然迷雾。但小说同时又有那么一股潜流，对于美好的人性和生活方式，如泣如诉的憧憬，激荡着要突破覆盖着它的人生水平面。其中执着于对美的人性和人情的追求，特别是对那些不含杂质的少女的人性美感，所焕发着和升华了的诗意，正是作者审美追求的诗化的美文学。比如能够进入“金陵十二钗”正册、副册、又副册者，据说将近六十人。这些进入薄命司册籍的妇女，都是具有鲜明个性的美的形象。作者正是以如椽之笔，将这样一大批红粉丽人一个一个地推到了读者的眼前，让她们在大观园那座人生大舞台上尽兴地表演了一番，然后又一个一个地给予了她们以合乎逻辑的归宿，这就为我们描绘出了令人动容的悲剧美和美的悲剧。

在具体的描绘上，正如许多红学家研究所得，小说作者往往把环境的描写紧紧地融合在人物的性格的刻画里，使人物的个性生命能显示一种独特的境界。环境不仅起着映照性格的作用，而且还具有强烈的感染力。作者善于把人物的个性特点、行动、心理活动和环境的色彩、声音融合在一起，构成一个个情景交融的活动着的整体。而最出色的，当然是环绕林黛玉的“境”与“物”的个性化的创造。可以说，中国古典小说的民族美学风格，发展到《红楼梦》，已经呈现为鲜明的个性、内在的意蕴与外部的环境相互融合渗透为同一色调的艺术境界，得以滋养曹雪芹的文化母体，是中国传统丰富的古典文化。对他影响最深的，不仅是美学的、哲学的，而且首先是诗的。我们把《红楼梦》称为诗小说或小说诗，或曰诗人的小说，它是当之无愧的。

《红楼梦》证明，曹雪芹创作态度极为严肃，构思缜密精心，章法有条不紊，语言字斟句酌。作者不以叙述一个故事并做出道德裁判为满足，甚至不十分注意他的读者的接受程度，他真正注重的是表现自我。而《红楼梦》恰恰是作者经历了人生的困境和内心的孤独后，对生命的感叹。他不仅仅注重人生的社会意义、是非善恶的评判，而是更加倾心于人生生命况味的执着品尝。他在作品中，倾心于展示的是他的主人公和各色人等坎坷的人生道路，他们的种种甜酸苦辣的感受和体验。我们的读者千万不可忽视和小看了这个视角和视位的重新把握，以及精彩选择的价值。从写历史、写社会、写人生，到执意品尝人生的况味，这就在更宽广、更深邃的意义上，表现了人性和人的心灵。

从《红楼梦》的接受史来观照，体验和体现人生况味，是这部伟大小说的艺术魅力所在，也是它和人们对话最易沟通、最具有广泛性的话题。读者面对小说中人生的乖戾和悖论，承受着由人及己的震动。这种心灵的颤栗和震动，无疑是《红楼梦》所追求的最佳效应。因为对广大读者来说，他们之所以要窥视不属于自己的心灵流程和社会体验，不只是出于好奇，更重要的是通过与书中的世界各种殊异的心灵相识，品尝人生的诸种况味。所以从小说发展史角度来看，小说从写历史、写人生到写人生的况味，绝不意味《红楼梦》价值的失落，而是增强了它的价值的普泛性。一部摆脱了狭隘功利性而具有全人类性的小说，即使在今天，仍有巨大的生命意义和魅力，这就是《红楼梦》迥异于它以前小说的地方。

人民文学出版社出版《红楼梦》校注本，最初在1953年（用作家出版社名义），以“程乙本”作底本，由俞平伯、华粹深、启功（后又加入李鼎芳）诸先生注释。20世纪60年代和70年代初，启功先生重新注释出版。今次出版，以俞平伯先生校点《红楼梦八十回校本》（附后四十回）为底本，仍用启功先生的注释，并略作修订。

《红楼梦》校注本出版付印之前，嘱余撰写《前言》，至为忻幸，试作如上，并祈读者指正。

中国古典戏曲

歌颂强者的诗

——激赏《单刀会》

《关大王独赴单刀会》是关汉卿以他的盖世才华和诗人的激情为我们谱写的一支强者的颂歌。

关汉卿笔下的关羽[1]始终坚贞不渝地忠于自己的信念和理想，面对强敌，却一往无前，显示了英勇无畏的豪迈精神；处境险恶，却敢于深入虎穴，克敌制胜。这一大智大勇的强者形象给当时和现在的人们带来了崇高的审美感受，给历史和现实增添了鲜活的艺术光彩。

此剧构思巧妙，高标异彩，情趣盎然，意旨遥深，充满艺术辩证法，观之令人唏嘘感奋，遂生断想。

---

1 对历史上的关羽如何评价，不是本文所要谈的。这里只是就《单刀会》中的关羽形象进行一些艺术分析。

风格样式

中外戏剧文学史上为确定一个剧本的风格样式而发生激烈争论的事例，可以说史不绝书。

关于《单刀会》的风格样式，过去也曾有过不同的看法。一般认为，这是一本历史剧，另外也有的研究者把它称作颂剧。但是，说它是一本历史剧，其论据似不足，因为它的史实根据实在不充分，在《三国志·吴书·鲁肃传》中，关于关羽单刀赴会事，只有一句简略的记载："肃邀羽相见，各驻兵马百步上，但请将军单刀俱会。"而戏中的绝大部分情节和人物之间的关系几乎都是虚构的，即使作者所根据的那一点史实（即"请将军单刀俱会"），也被大胆地改造成为关羽一人的"单刀会"，因此很难称得上是严格意义的历史剧，充其量是一本非历史化的历史剧。说它是一本颂剧，这是可以首肯的。但是，如果一定要把它和关王会的"娱神"活动硬拉在一起，似乎同样很难找到确凿的根据。因为全剧既没有蒙上任何神秘的迷雾，也没染上什么特异的宗教色彩。那么，它到底是一种什么样式呢？如果需要给它"正名"的话，不妨啰唆地把它称为"历史英雄颂剧"。这是因为，从全剧的调子来看，作者的美学追求并不在于由这一历史事件构成的故事情节（这部作品和关汉卿其他作品大异其趣之处，也恰恰在于它不以情节的曲折多变见长）。相反，值得我们给予重视的是：剧作者的意旨是要写出一种个性，一种激情。这就是那响彻在全剧的主旋律——对英雄人物的伟大历史业绩的向往和对英勇豪迈精神的礼赞。因此，它具有典型的历史英雄颂剧的品格。

人们要问，为什么要为一部剧作确定创作上的风格样式呢？我认为，它关系到对一部作品的主题思想、戏剧基调和艺术风格的准确评价，特别是关系到如何体味作家的美学追求和艺术匠心的问题。无数成功的名作证明，一部剧作的风格样式是剧作家主观意图的集中体现。确定和把握风格样式是理解“这一个”剧作家的思路和对题材提炼的起点，同时也是我们理解“这一个”剧作个性的标尺之一。

关汉卿绝非轻材小慧的艺匠，而是一位心底有生活的独具只眼的艺术家，他的才艺也是多方面的，特别是他有一种敢于面对现实的创作精神。在元朝统治的黑暗王国里，他不甘屈辱，以崇高的义愤和勇气，为人民呼出不平，为人们弹奏出一曲曲悲壮慷慨的剧诗。同时，在他心底始终蕴蓄着作家动人的理想的温热，激荡着热情的激流。于是他又给我们展现了一部部美战胜丑，善战胜恶的智慧、乐观的战斗喜剧。关汉卿透过如磐夜色，看到了天边一角的曙光。

可贵的是，关汉卿不仅善于从现实和未来汲取自己的诗情，他还以其独具的史胆，从历史中汲取自己的诗情。强烈的历史感使他看中了民间流传着的英雄关羽单刀赴会的故事，发现了它蕴含的现实意义。于是在他的剧作里，以特有的选材角度和不落俗套的描写视点，着意渲染了关羽大无畏的英雄气概和坚贞不屈的精神。

歌德说得好：

> 一个伟大的戏剧体诗人如果同时具有创造才能和内在的强烈而高尚的思想感情，并把它渗透到他的全部作品里，就可以使他的剧本所表现的灵魂变成民族的灵魂。我相信这是值得辛苦经营的事业。[1]

我认为，关汉卿辛苦经营的正是这样一种“事业”。即在他内心中翻腾的正是一股浩然正气，一种大无畏的精神，一个真正生活中强者的激情。一句话，关汉卿意在通过关羽的精神去反映我们民族的精神火花，同时又把它作为精神

1 《歌德谈话录》，人民文学出版社 1978 年版，第 128 页。

的灯光，引导苦难的元代人民走向更高的精神境界、更高的理想、更高的品质，也就是他要通过自己作品的灵魂去影响民族的灵魂。这充分说明关汉卿高昂的斗志和睿智的见地。

关汉卿只有《单刀会》这一本历史英雄颂剧传世。这样的颂剧，在我们所看到的元人杂剧中也是绝无仅有，这是很可宝贵的。它是关汉卿为我们开拓的一个新领域，同时也为我们树立了英雄颂剧的范本。

结构排场

结构，是构成文艺作品形式美的一个重要因素。作为形式因素的结构，凝固着艺术的内容。法国16世纪“七星诗社”文艺运动的领导人龙沙在《法语诗艺简编》一文中说得很好：“不用怀疑，在相当高妙的创造之后，美丽的结构跟着就会出现，因为结构与作为一切事物之母的创造相随，有如影之随形。”[1] 可见，结构之于文艺作品的内容不是无足轻重的因素。

结构之于戏剧更有着生命般的意义，有人说，戏剧是

---

1 《文艺理论译丛》1958年第3期。

一种结构艺术，这是不过分的。结构艺术是否成功，直接影响作品的质量。明代小说戏曲家凌濛初在《谭曲杂札》中就说："戏曲搭架，亦是要事，不妥则全传可憎矣。"[1]

那么《单刀会》这本杂剧是怎样"布关串目"的呢？它在结构排场上有什么特色呢？《单刀会》的结构排场是为表现英雄主义主题服务的，同时它也是服从于这本杂剧独特的风格样式的，换句话说，它属于历史英雄颂剧式的结构排场。事实是，这本历史英雄颂剧的风格样式，最终是通过它的结构排场固定化、物质化而得以完美表现的。

《单刀会》的最高任务是要调动一切艺术手段来着意刻画和热烈颂扬英雄关羽的。凡是有助于突出关羽性格的，凡是有助于完成剧本的主题思想、符合英雄颂剧样式的，他就大胆放手去写，在他的笔锋前是没有任何遮拦的。关汉卿不顾杂剧体式上的一些通例，不采用当时通行的结构法。首先，剧作家把戏剧冲突设置在鲁肃阴谋设宴想捉拿关羽，而关羽则要击破鲁肃的阴谋，保住荆州这一关键时刻。要使关羽一亮相就能光彩照人，不同凡响，就需要在人物登场之前预施笔墨，为他立传造像。作者苦心孤诣，颇劳神思，精心安排了整整两折戏（请读者注意，元杂剧

1 《中国古典戏曲论著集成》第4卷，中国戏剧出版社1959年版，第258页。

通常一本只有四折啊），为关羽登场反复铺垫，刻意渲染，从而使人物未上场已具有无比声势。

试看第一折，鲁肃想索还荆州，定下三条妙计，以为胜券在握，特请乔玄过府商议。可是这位东吴国戚却劈头指出："这荆州断然不可取。"且连连称赞关羽有万夫不当之勇，并把以前曹操灞陵桥上三条计全都失败重述了一遍，还警告鲁肃，你的三条妙计断然不会成功。鲁肃不以为然，竟说关云长若不归还荆州，他就要用武力解决，而乔玄的回答则是：

> 【金盏儿】他上阵处赤力力三绺美髯飘，雄赳赳一丈虎躯摇，恰便似六丁神簇捧定一个活神道。那敌军若是见了，唬的他七魄散、五魂消。
>
> （云）你若是和他厮杀呵，（唱）你则索多披上几副甲，剩穿上几层袍。便有百万军，当不住他不刺刺千里追风骑；你便有千员将，闪过明明偃月三停刀。

这里，句句是长他人的威风，句句是灭自家的锐气，而句句恰又是向台下观众描述关云长勇猛威武、凛然不可犯的形象。

第二折和第一折的立意与布局极为相似，仍然是在关羽的身上反复着墨，借以深化人物的性格，增强人物形象的魅力，只是在折末为了调和戏的严肃气氛，特意加进了点喜剧情调。不过，这折戏的正末司马徽不是乔玄这样的人物，而是个“傲杀人间万户侯”的世外隐士，他一听说鲁肃来请喝酒，很是高兴，可一旦知晓主客是关云长，态度马上来了个突变，竭力推却说：“若是关公，贫道风疾举发，去不的！去不的！”他列举了关羽杀车胄、刺颜良、斩文丑、诛蔡阳的事迹，说他如何“酒性躁，不中撩斗”，以此劝鲁肃千万打住收取荆州的幻想，并且特意提醒鲁肃：“……他若是玉山低趄，你安排着走；他若是宝剑离匣，准备着头——枉送了你那八十一座军州。”

从这两折戏看，正末乔玄和司马徽两个人物，实际上是剧作家手里的两支彩笔，专门用来为关云长的形象添姿增色的。这是文章的虚写法，而乔玄和司马徽正是作为虚写手段的。在这里作者用了两副笔墨：直接的和间接的。所谓直接，就是经由乔玄、司马徽作褒扬之辞。所谓间接，就是以乔玄、司马徽和鲁肃作关羽的陪衬，明写前者，暗托后者。作者用多种笔法来凸显关羽的超群不俗和盖世威风；既有正写，又有映衬，还有烘托。然而无论是乔玄、司马徽，还是鲁肃，都不过是关羽的垫角。因此，直接反映在观众心理上的已经是如见其人、如闻其声了。

劳神于前，得力于后。由于作者在关羽出场之前做了如此精巧的布局，如此生动的渲染，因此关羽一经登场，就浑身是“戏”了。像这样不尽早让主要人物出场的，在我国古典小说中颇不乏例，像《三国演义》的“三顾茅庐”就和《单刀会》有异曲同工之妙，而戏曲剧本则很少见了。我们只是在17世纪法国的喜剧名作《伪君子》中看到过。莫里哀的达尔杜弗也是迟到第三幕露面，称得上是“千呼万唤始出来”，而一出来就是“戏”。当然，一个是颂剧，主要人物是英雄；而另一个是喜剧，主要人物是恶棍，不过布局的技巧是极为相似的。他们都懂得铺垫笔墨的重要，都懂得高潮有赖于充分蓄势才能形成。

第三折关羽一出场就立即进入了形象刻画，从各个角度映照出他的性格特征。在这里，人物出场的特点交融在他的性格的表现里。开头那沉雄亢爽、慷慨激昂而又字字本色的四支曲文，使人们形象地感受到他确实是“汉家邦”的忠臣，是“只愿同日死”的桃园义士。

在接受“请书”的一刹那间，关羽的态度表现得雍容镇定，而且一下子就看穿了鲁肃的阴谋。这个闯过大风大浪的硬汉子有一种明知山有虎偏向虎山行的“犟劲儿”。他明明知道对方为他安排下的是“杀人的战场”，而非“待客的筵席”，却敢于慨然许诺他的邀请；明明知道摆在面前的是“天罗地网”“打风的牢笼”，他却偏要单刀赴会；明明对方给他预备下了“巴豆、砒霜”，他却以看赛会般的轻松心情坦然对之。这一切，都因为在他身上有着一种出生入死的磊落精神和气贯长虹的浩然正气。请听：

【剔银灯】遮莫他雄赳赳排着战场，威凛凛兵屯虎帐，大将军智在孙、吴上，马如龙，人似金刚；不是我十分强，硬主张，但题起厮杀呵磨拳擦掌，排戈甲，列旗枪，各分战场。我是三国英雄汉云长，端的是豪气有三千丈。

面对强敌，却有一种压倒敌人的气势，这是何等雄伟的气魄！那富于动作性的曲文把这位有智谋、有勇略、有胆识的大将军关云长的光辉形象径直地推向了舞台最前沿。

第四折是从正面具体描写关云长和鲁肃的冲突。但是，在关羽会见鲁肃之前，聪明而又“狡黠”的剧作者却采用了戏曲剧本结构技巧中的延宕法，有意地让强烈的矛盾冲突即将揭开时，先来一个回旋，出现一个暂时的“停滞”，抽出时间，再次展示主人公的内心活动，从而使矛盾顿宕前进。关羽在赴会途中，面对大江东去，发抒历史的感慨。【新水令】【驻马听】两支苍而劲、亢而正的曲文，就把关云长在惊心动魄的斗争即将出现时那种泰然、镇静、无畏和信心揭示得淋漓尽致。这一手法，可达一箭双雕的效果。

如果说第一、二折是以虚写法为关云长塑像；那么第三折和第四折前部分就是用实写法从正面为关羽塑像，这是一。第二，急流中的一个回旋，奔逸时的一次颠踬，具有对观赏者心理产生一擒一纵的作用，人们在顿挫有致、大开大阖的情景中被吸引到剧作家早已设置好的激烈的冲突中来了。

经过这个过场再次渲染关羽的气冲霄汉的英雄气概，然后才转入惊险的单刀会，可见关汉卿是把戏剧冲突最尖锐部分摆在最后一折的一个正场上。关羽和鲁肃一经接触，矛盾立即展开，形势随即激化。始而舌战，继而剑拔弩张，最后关羽急中生智，一手捉住鲁肃，一手执剑相逼，直奔江边而来，东吴堂堂中大夫，充当了关羽横闯敌营的通行腰牌，关羽借此而最后脱险，观众为此而衷心称快，戏到此便戛然而止。这一出色的结尾处理，既动人肺腑，又突出了题旨，既是整个情节动人的结尾，又是主题意义响亮的回声，使人沉吟不已，回味无穷。真是戏完意未完，剧终情未终。

编辑《元曲选》的臧晋叔在总结元剧创作得失成败的艺术经验时不无遗憾地指出："马致远、乔梦符辈，至第四折，往往强弩之末。"[1] 这就是说他们不善于处理第四折或者

1　见《元曲选·序》。

说是不善于处理戏的结尾。而关汉卿的《单刀会》却不然，他把全部重量都集中在结尾部分，以便像箭似的把它的箭头全力射出去，因此，戏的结尾，不是强弩之末，而是做好了一切准备，形成了万弩齐发的高潮。元人乔梦符提出制作乐府的六字诀：凤头、猪肚、豹尾，这是希望一出戏有一个隽美、响亮、有力的结尾。清人李渔在《闲情偶寄》中也提出结尾的重要，他说："收场一出，即勾魂摄魄之具，使人看过数日而犹觉声音在耳，情形在目者，全亏此出撒娇，作'临去秋波那一转'。"关汉卿以他的创作实践实现了很多戏曲理论批评家的理想。

综观《单刀会》全剧的结构排场，显示出剧作家的美学追求和艺术匠心。一二两折有铺垫、有蓄势，造成一种类乎悬置的舞台气氛。乔玄、司马徽那两折戏的反复着墨，显然类似评书形式的介绍，写得好，"讲"得好，唱得也好，颇富装饰趣味，为下面紧接着的关羽的出场造成了必要的声势，目的性极明确。同时，由于关羽一登场就立即引爆出新的波澜，使之和情节的发展有机地统一起来，没有使它落空，这样就完成了预期的效果：关羽未出场前，便有声势，既出场后，更有分量。

戏剧意境

《单刀会》的美感力究竟何在？除了它的独特的风格样式，新颖的结构排场以外，我以为关汉卿作品的主要特色是重视戏剧意境的创造，是意境抓住了人。

清末王国维在《宋元戏曲考·元剧之文章》中说："然元剧最佳之处，不在其思想结构，而在其文章。其文章之妙，亦一言以蔽之，曰：有意境而已矣。何以谓之有意境？曰：写情则沁人心脾，写景则在人耳目，述事则如其口出是也。"有意境也称为有境界。王国维在《人间词话》中还说过："境非独谓景物也，喜怒哀乐亦人心中之一境界。故能写真景物、真感情者，谓之有境界。"早在王国维之前二百年的戏曲家李渔虽然没有使用"意境"这个审美概念，但是已经涉及戏曲中情与景的关系了。他认为只有情与景和谐统一，才能构成美的整体，那种单纯写景"止书所见不及中情者，有十分佳处，只好算得五分"，"妙在即景生情"。[1] 王国维和李渔的见解都有偏颇之处，但是他们都涉及中国戏曲美学的一个重要特点：意境。

---

1 《中国古典戏曲论著集成》第7卷，中国戏剧出版社1959年版，第27页。

所谓戏曲中的意境，按照我们的一般理解，主要是指抒情、写景、叙事，达到出神入化、完美统一、熔为一炉的艺术化境。而与此相联系的，也包括神与形的统一，以及内容和形式的统一。因此，只有景中寓情，形足神传，形式充分地表现内容，两个方面契合无间，创造出一种美得令人心驰神往的境界，才能产生强烈的审美力量。

《单刀会》的美感力首先就在于它不愧是诗之剧，是剧之诗，使剧具有诗的意境，诗的韵律，是诗与剧的完美的融合。从中国艺术发展史的角度来考察，自《诗经》《楚辞》而下，我国诗歌已有数千年的历史。其他文艺，无不得到诗的滋养，它的触角伸向各个艺术领域。戏曲得天独厚，它的发展过程中就使它和诗结下了不解之缘，成熟的戏曲文学剧本都是剧诗。关汉卿的《单刀会》就是以诗笔写剧。

下面两支脍炙人口的曲文是很典型的：

【双调新水令】大江东去浪千叠，引着这数十人，驾着这小舟一叶，又不比九重龙凤阙，可正是千丈虎狼穴，大丈夫心烈，我觑这单刀会似赛村社。（云）好一派江景也啊！（唱）

【驻马听】水涌山叠，年少周郎何处也？不觉的灰飞烟灭！可怜黄盖转伤嗟，破曹的樯橹一时绝，鏖兵的江水犹然热，好教我情惨切！（云）这也不是江水。（唱）二十年流不尽的英雄血！

从文辞来说，这两支凭今吊古、慷慨苍劲的曲子，应当是从苏东坡的“大江东去，浪淘尽、千古风流人物”这首《念奴娇》蜕化出来的。但它的激情却绝不亚于原词，其中奥妙就在于，关汉卿从剧诗的特点出发，把人物性格的刻画完全融化在环境的描写里，形成一个情景交融的独特的艺术境界。

关云长的唱段一开头气派就很大。“大江东去浪千叠”，就是一幅十分壮美的画卷，那种波涛万顷、吞天浴月的大江景色，浩浩渺渺，流向东方，它气势磅礴，大笔勾勒，先声夺人，使我们的精神为之一振。接着是“水涌山叠，年少周郎何处也？”从不同角度、方位，以纵横自如的笔意，勾勒出赤壁遗迹：仰视是重峦叠嶂，俯视则惊涛拍岸，犹如一组蒙太奇镜头，冲击着我们的感官。而在这千古的历史长河里，该有多少可歌可泣的业绩！中华民族古往今来的风流人物又有多少！在无限广袤的时间、空间的背景下，在绚烂多姿的历史人物画廊里，凸显了剧中人所怀的主体——周瑜、黄盖等。这种怀古之情正是寄寓在一定的历史人物和历史事件之中的。整个自然环境与主人公精神的刻画完全交融在一起，构成了富有深意的境界。

这里剧作家意境创造的技法很值得我们探索。

我们知道，欧洲画的构图有一个显著的特点：画家的眼睛从画面上选取一个固定的透视角度（即视线定在画家眼睛等高的地平线的某一点），以这一“焦点”透视和构思画面上下左右远近的层次和轮廓，创造整幅画的思想意境。关汉卿戏剧意境的创造也是善于把握这种艺术表现的“焦点”。他以意境的“焦点”为中心和动力，由近及远，由远返近，把镜头慢慢缩小到一个聚光点上，着力刻画剧中主人公的历史感受。作者把语言形象的诗和视觉形象的画同活动着的人事融合一体，并借助于这一总体形象，抒写中华民族不屈不挠、英勇悲壮的历史，创造出一个情景交融、诗情蓊郁的艺术境界。

值得注意的是：剧作家不仅运用诗的语言，创造了丰富的诗的意境，而且把剧中的主人公也“诗化”了。关羽的魄力雄强、精神飞动的英雄气概同环抱的万山、汹涌的大江相辉映，自然的雄奇之美反衬人物内心之美。“大江东去浪千叠”，不仅介绍了戏剧环境，更重要的是把关羽“出龙潭，入虎穴”的英雄行为以及他那压倒敌人的气势刻画了出来。因此，在规定情景里，作为剧诗中的主人公关羽本身就是一首英雄豪迈的诗，一首强者的诗。试看，单刀赴会，一路之上，不以面前的“千丈虎狼穴”为意，而以诗人般的情怀去欣赏江景，去缅怀叱咤风云的英雄岁月，去追忆二十年前的威武雄壮的战斗场面，去寄托自己的情思，这是何等豪迈英武的怀抱！面对滔滔江水，不是发出“人生如梦”的感叹，而是把它比作“二十年流不尽的英雄血”。这诗一般的语言，除了“千里独行觅二友，匹马单刀镇九州”的关云长，又何人能有此强大的意志力量！关汉卿以他清新、独到的写意之笔，把关羽对蜀汉的一片赤胆忠心和那光明磊落、坦荡无畏的胸怀，知难而进、百折不回的精神表现得酣畅淋漓。这种对“境”与“人”的高度概括性的描写，达到了生动地具现环境和突出人物性格的艺术效果。这是剧，也是诗。作者以诗笔写剧，是诗与剧的融合，而且融合得极自然，极美。

英国著名诗人雪莱说，诗即热情。以诗笔写剧，关键需要作者有情。一个戏如果有景无情，实实填词，呆呆度曲，怕会是味同嚼蜡。我国古代的戏曲家们早就发现了这条秘诀，李渔在《香草亭传奇·序》中认为一部传奇是否能流传，有三个条件：“曰情，曰文，曰有裨风教。”他也是把情放在首位。

由此可见，面对生活，戏曲家若如太上之忘情，则戏就不用写了。从本质上说，戏曲确实是反映生活的艺术，但是，和其他文艺形式一样，戏曲也是抒情的艺术。它和其他文艺形式不同的只是表达感情的方式。任何作者写戏，对人物总是有所爱、有所憎的。有强烈的爱憎，人物才会鲜明，才会在笔下活起来。可以想见关汉卿写《单刀会》是很动感情的，剧本中那些落地作金石声的诗句，我认为是作者和笔下英雄人物共魂魄的最好写照。作者写作，总是有称快之笔，也一定有挥泪之笔。第四折最后一支曲子【离亭宴带歇指煞】的最后两句："说与你两件事，先生记者：百忙里趁不了老兄心，急切里倒不了俺汉家节。"明显的是剧作者通过对历史英雄关羽维护汉家事业的歌颂，流露了自己强烈的恋念故国江山、追慕前朝旧事的民族感情。

【驻马听】一曲同样寄寓遥深，把长江的奔流视为历史变化的象征，把流淌着的江水比作"二十年流不尽的英雄血"，绝非一般抒发怀古之幽情，而是渗透着剧作家更为深沉的历史感受。这一切都既使人看到剧中人关羽的真情实感，又使人感受到关汉卿之情——剧作者分明把自己心头的话，巧妙而又艺术地通过关羽之口去向观众倾诉了。在这里，"情"虽然包括人物本身的情在内，但常常侧重于作者寄托在形象中的感情，这正是作者感情的客体化（成为人物形象的一部分了)。所以有时看起来作者是在客观地描写人物形象，其实情已融化其中了。

情景交融对戏剧意境的创造十分重要，而形神统一对意境的创造也十分重要。美的意境特别要做到传神，如果只是形似而没有神似，则如泥人土马，有生形而无生气。然而，“为神之故，则又不离乎形”，[1]“神”的表现不能不借适当的“形”来表现。因此，以“形”写“神”、形神兼备同样是戏剧意境创造的理想境界。

关汉卿在《单刀会》中对关羽形象的创造，可以说达到了传神的境界。他极善于从特定情势和人物的精神境界里，深刻地揭示关羽英雄形象的内在威力。他也使用了两副笔墨：一副笔墨是通过当时的情势、氛围以及乔玄、司马徽的口中之言、眼中所见、耳中所闻烘托出他的英雄神威。这种传神的描写，有引人入胜的审美效果。另一副笔墨是在正面表现关羽英勇时，既无战斗行动，更不直接写他的武艺高强，而是从他的神情气势中描绘其英武的形象和内在的威力。两副笔墨都是抓住对象的整个灵魂，表现对象的精神，传其神，写其心，反映他的内貌于毫端，不独摹写他的外形于纸上，因此尽管笔墨经济，而形象却非

1 （清）沈宗骞《芥舟学画编》。

常丰满、逼真。总之，关汉卿塑造关羽的英雄形象，并不以“神化”“猎奇”作为他追求的目标，而是一切从人的精神状态里发掘和把握他的性格特点，并把他的精神气质的特征融化在情节提炼、细节描写、氛围烘托里。《单刀会》传至今日仍然不失其艺术魅力的原因，正是由于它的形象创造的特色在这一方面达到了“气旺神完”[1]的艺术化境。

关汉卿的《关大王独赴单刀会》杂剧是一部富有独创性的艺术珍品。“独创性的作品是，而且应当是人们所喜爱的，因为它是人们的大恩人。它们扩大了文艺之国，给它的版图添加了新的省份。”[2]关汉卿在我国戏剧史上之所以能卓然自命，傲睨千古，正在于他的独创性。文学艺术发展史不断证明，越是有独创性的作家，也越是能够推动文艺历史的发展，并且能够经得起历史洪流的考验，历久弥新，日月常存。

---

1 （宋）陈造《江湖长翁集》。

2 这是 18 世纪英国启蒙主义时期诗人杨格说的一段话，见《论独创性的写作》，《西方文论选》上册，上海译文出版社 1979 年版，第 496 页。

《西厢记》：进入经典

——一个文本蜕变过程的文化考察

一

以崔莺莺和张生恋爱为题材的故事源出唐代诗人元稹（778—831）所写的传奇小说《莺莺传》（一名《会真记》）。小说写的是张生和莺莺恋爱，最后又把她遗弃的故事。小说的主角崔莺莺是一个具有一定叛逆性的贵族少女，她通过内心的重重矛盾，最后勇敢地冲破了封建礼教的牢笼，接受了张生对她的追求，这无疑是一个大胆的行动。但是，一旦莺莺落入情网，崔母也因木已成舟，准备许婚时，张生却为了要沿着科举的阶梯往上爬，而无情地抛弃了莺莺。不少研究者认为，封建思想指导下的作者在塑造莺莺的形象时，极力描绘她的“怨而不怒”，在张生遗弃了她以后，她竟自以为私相结合不合法，“有自献之羞”，于是，被遗弃后的莺莺的行动逻辑出现了某些前后似乎“矛盾”的现象。

至于张生这一人物，据前人考证，是有作者自己的影子的，[1] 因此，可以看出作者极力要把他处理成一个正面人物，为了这个目的，他竭力为张生遗弃崔莺莺的卑劣行为辩护，让张生振振有词地说明自己行为的理由，甚至不惜把他曾经如痴如狂地追求的人污蔑为“尤物”、“妖孽”和“不妖其身，必妖于人”的祸水，谁要沾上了她，便不能免于“殷之辛，周之幽”那样为“女色”亡国亡身的灾祸，因此，张生的“始乱之，终弃之”的行为不能被视为负心背义。他还假托舆论，说当时的人“多许张为善补过者”。但是，在我们面对作品中的形象时，我们却不顾作者的虚伪的说教，而构成了我们自己的道德评价。作品形象本身的行为逻辑把张生这一人物推到了反面的地位上，成为一个用情不专、言行不符、自私自利的封建士大夫的典型，

1 见宋人赵令畤《侯鲭录》卷五“辩传奇莺莺事”，陈寅恪先生亦持此说，见《元白诗笺证稿》第四章《艳诗及悼亡诗》附《读莺莺传》，鲁迅认为“元稹以张生自寓，述其亲历之境”，见《中国小说史略》第九篇《唐之传奇文》(下)。

这就使得浸透在形象结构中的思想感情，完全超出了作者的主观意图。

在莺莺故事流传期间以及写定问世以后，有许多诗人都来歌咏其事。[1] 诗人们选择《莺莺传》而不选择其他更富独特色彩的作品，这是因为原传所写男女爱情更符合封建时代知识分子的理想和情趣。当然，它在写作上的委婉曲折，曲尽人情物态，也是一个原因。但是，这些诗篇，或者咏莺莺的美，或是歌咏张生和莺莺的爱情过程，而共同的特点是没有涉及“尤物”“善补过”的荒唐议论，同《莺莺传》“篇末文过饰非，遂堕恶趣”[2] 者不同。

到了北宋，莺莺的故事更加流行，士大夫们常常把崔、张故事当作谈话资料，同时出现了许多歌咏这个故事的作品。其中有名的是词人秦观的《调笑令》和毛滂的《续调笑令》。[3] 这两篇所采取的艺术形式是“转踏”。[4] 秦观咏莺莺的《调笑转踏》只写到莺莺月下私期为止。毛滂咏莺莺的《调笑转踏》只写到她的答书寄环为止，内容都没有超过

1　元稹同时代诗人杨巨源有《崔娘诗》一首，见《莺莺传》小说中所引。另外诗人李绅（公垂）有《莺莺歌》一首，原传提到，未引。近人戴望舒《李绅〈莺莺歌〉逸句》一文，据《董西厢》所引李绅《莺莺歌》凡四处，可参看。见《小说戏曲论集》，作家出版社 1958 年版，第 2—3 页。

2　鲁迅《中国小说史略》第九篇《唐之传奇文》（下）。

3　见刘永济辑录《宋代歌舞剧曲录要》。

4　“转踏”又名“传踏”“缠达”，是宋代的一种歌舞曲。

《莺莺传》的范围。而且由于“转踏”体裁上的限制，只能用一诗一词，选择《莺莺传》中的一段情节，用简练的语言加以吟咏，根本没有可能、也没有必要来完整地展开原传中的人物形象和情节，但是，值得注意的是毛滂咏莺莺的《调笑令》的诗情倾向。现节录毛滂《调笑令》和引诗如下：

春风户外花萧萧，绿窗绣屏阿母娇。
白玉郎君恃恩力，尊前心醉双翠翘。
西厢月冷蒙花雾，落霞零乱墙东树。
此夜灵犀已暗通，玉环寄恨人何处。

何处，长安路。不记墙东花拂树。瑶琴理罢霓裳谱。依旧月窗风户。薄情年少如飞絮，梦逐玉环西去。

这里诗人斥责张生为“薄情年少如飞絮”，对张生的爱情并非执着专一表示了愤慨，对莺莺表示了同情和惋惜，透露出对原传写法的不满。总之，毛滂按照自己对事件的理解和道德标准，表示了对于负心背义行为的否定。

莺莺故事在士大夫阶层中流传的同时，也开始在广大市民中流传。据北宋末年作家赵令畤在《侯鲭录》卷五中的记载，当时“倡优女子”对张生莺莺故事都能“调说大略”。又据宋末人罗烨《醉翁谈录》卷一“舌耕叙引·小说开辟”条记载，当时说话人在传奇小说一类，首列《莺莺传》，它和卓文君、李亚仙、惠娘魄偶、王魁负心、唐辅采莲等属于同一类型的故事。另外宋末人周密《武林旧事》卷十记载，当时的官本杂剧段数中有《莺莺六幺》，元人陶宗仪《辍耕录》卷廿五“诸杂大小院本”中记载有金院本《红娘子》。这说明，莺莺传故事在城市瓦舍中已普遍演出了，在广大市民阶层中有着广泛的影响，可惜这些话本和剧本都没能流传下来。

北宋年间，关于莺莺故事的话本和杂剧虽然散佚，但是有的文人却利用民间讲唱文学中的鼓子词的形式改编了《莺莺传》，这就是具有重要意义的赵令畤的《元微之崔莺莺商调蝶恋花词》。[1]

赵令畤的《元微之崔莺莺商调蝶恋花词》是根据元稹原作提炼概括而成的。作者在谈到自己的创作过程时说：

> 今于暇日，详观其文，略其烦亵，分之为十章。每章之下，属之以词。或全摭其文，或止取其意。又别为一曲，载之传前，先序全篇之意。调曰商调，曲名蝶恋花，句句言情，篇篇见意。[2]

1　鼓子词是宋代民间流行的一种曲艺形式。

2　见《侯鲭录》卷五。

这说明作者曾经细致深入地研究了原传，并在此基础上又根据自己的感情体验，重新提炼了主题，在合理地保存了小说的基本情节“内核”的同时，舍弃了原传中一些病态的东西甚至是主要的枝干，有效地用原作中的素材，又发展了原作的形象。这就构成了赵令畤自己的独特的艺术色调，使作品本身的意义超出了一般的复制品，而成为一个独立的创作。

前面我们提到，当《莺莺传》流传到瓦舍勾栏中去的时候，人民群众有自己对故事中人物的道德评价。赵令畤在以民间的说唱形式改编这个故事时，不可能不受到民间艺术的影响，人民群众对《莺莺传》人物的有力的观点不可能不同时渗透到他的创作中去。所以，在赵令畤的鼓子词里坚决删去了原传结尾部分的伪善的辩解，摒弃了那种把遗弃看作恋爱的圆满结束，把罪恶说成美德的反人民的观点，而是把崔张故事看作一个使人遗恨无穷的社会性的悲剧，所谓“地久天长终有尽，绵绵不似无穷恨”，从而把深厚的同情给予了莺莺这一封建社会被侮辱被损害的少女。

根据赵令畤的介绍，他的朋友何东白曾认为崔、张二人自己定情在前，各自婚娶在后，完全违背了“理”与“义”，这种论调是当时封建上流社会的典型看法。赵令畤反驳了这种观点，指出：莺莺“始相得而终至相失，岂得已哉！”明确了责任不应由莺莺来负。“最恨多才情太浅，等闲不念离人怨”，谴责了张生的薄情和残忍。“弃置前欢殊未忍，岂料盟言陡顿无凭准？”明白无误地批判了张生的背盟。作者还以自己的强烈的同情心，深入地刻画了崔莺莺被遗弃的痛苦，选择了那些能够充分展开人物性格的情节，细致入微地描绘了莺莺的精神世界，这不仅使莺莺的形象显得更加鲜明生动，而且也大大加强了对于张生背叛行为的有力谴责，于是《莺莺传》中原作者的封建说教和恶劣的辩解不复存在了。在赵令畤的鼓子词中，作者的理论信念和他设计的形象的内在意义，便达到了完全的和谐。

自然，赵令畤的《商调蝶恋花》鼓子词的成就也是有限度的，由于作品的基本骨架仍然没有跳出原传，也还只是写出了一个少女在恋爱中被遗弃的故事。作者虽然对莺莺表示了深切的同情，对张生的背盟给予了无情的谴责，但是对于崔莺莺的冲破封建礼教的樊篱和张生私自结合这件事实本身是否正确，是否正义，是否应当充分肯定，特别是怎样才是比较合理的主张？对于这一切关键性问题，赵令畤在作品中都没能给予明确的坚定的回答，作者的态度有时显得暧昧。这样，对于现实中像莺莺那种为爱情自由而和封建礼教斗争的青年男女就缺乏积极的鼓舞力量。另一方面，也由于可以发挥作者自己创造力的只是短短的十二首词，因此，对其中的人物形象进一步展开就有了很大局限，所有这些缺点，后来都由《董解元西厢记》加以弥补了。

二

相同的或类似的题材，在不同思想的作家笔下，可以写出意义截然不同的作品。恩格斯曾经做过如下一段精彩的论述："情节大致相同的同样的题材，在海涅的笔下会变成对德国人的极辛辣的讽刺；而在倍克那里仅仅成了对于把自己和无力地沉溺于幻想的青年人看作同一个人的诗人本身的讽刺。"从而，海涅所表现的主题是"以自己的大胆激起了市民的愤怒"，而倍克在同样题材中表现出来的主题却是"因自己和市民意气相投而使市民感到慰藉"。[1] 这就是说，作者在处理题材时评价生活的立场不同，概括生活的准则不同，表现生活的方法和能力不同，其中最主要的，仍然是由于作者的人生观不同，因此，古今中外的作家常

1　恩格斯：《诗歌和散文中的德国社会主义》，《马克思恩格斯全集》第 4 卷，人民出版社 1958 年版，第 236 页。

常从同一题材中提炼出不同的主题来。

金章宗时出现的《董解元西厢记》[1]证实了这点。《董西厢》承袭的仍然是崔张恋爱的题材，但是，它不仅在人物性格的塑造、社会典型环境的描写上有了大胆的创造，对于故事的主题，也进行了一次面目一新的改造。

如前所述，从元稹的《莺莺传》到赵令畤的《商调蝶恋花》鼓子词，关于崔张的恋爱悲剧，不管作者对于它的主观评价如何，但都无力正面回答这样三个问题：

第一，在封建社会，一个贵族少女私自去爱一个男人，是不是就应当受到遗弃的惩罚，就是造成一切不幸的原因？

第二，莺莺不顾一切地追求自己的幸福的婚姻，究竟是不是正义的，应当给以怎样的道德评价？

第三，究竟什么是合理的恋爱和婚姻的主张？

在董解元以前的作品中，由于故事的结局是莺莺最终被张生遗弃而成为此恨绵绵的社会性悲剧，就越发使得作品在回答这些问题上显得软弱无力了，这是不难理解的。因为这样的社会性问题，本来也不可能是站在封建立场上的作家所能正确回答的。从实践的观点来看，这是由于

1 《董解元西厢记》又名《西厢记诸宫调》、《弦索西厢》和《西厢掐弹词》，简称《董西厢》。诸宫调是一种有说有唱而以唱为主的文艺形式。

“当事人双方的相互爱慕应当高于其他一切而成为婚姻基础的事情，在统治阶级的实践中是自古以来都没有的”。[1]而《董西厢》却对以上的问题做了有力的形象的回答。《董西厢》从反对封建礼教和封建婚姻制度出发，提出了以爱情为婚姻基础的要求，从而赋予了《莺莺传》故事以新的艺术生命，使这一故事具有了积极的现实意义。

董解元在他的《西厢记诸宫调》中表现的唯一信念和全部哲学就是，要求婚姻的最后决定权应属于爱情，应属于当事的男女双方，而不是属于封建礼教和维护封建礼教的家长的利益。但是，对于一个作家来说，要把这种社会倾向和信念变为艺术实际，需要谨慎地分辨莺莺故事中混杂着的许多极其矛盾的因素。《董西厢》出色地完成了三项工作。

首先是创造性地进行了主题提炼，重新确立了主题思想。提炼主题是艺术构思的中心环节，是构思的中枢神经，它支配着作家艺术构思的全部过程。董解元在构思西厢记故事时，并不是单纯地复述一下《莺莺传》的故事情节。《西厢记诸宫调》本身说明，董解元是从观察体验现实生活而来，又在认识社会现实的基础上对过去《莺莺

1 恩格斯：《家庭、私有制和国家的起源》，《马克思恩格斯选集》第 4 卷，人民出版社 1997 年版，第 75 页。

传》这篇传奇小说做了一番再创造的工作。在原传里悲剧性冲突的焦点是：一个挣脱了封建礼教桎梏的少女，终于被一个薄幸、自私的封建文人所遗弃。这一社会性悲剧在封建社会无疑有它的典型意义。但是，由于故事的最终结局是莺莺遭到不幸，于是，这个恋爱悲剧在其发展过程中，就越来越显得缺乏激励人心的精神力量。尤其是对于那些处在封建礼教束缚下的青年男女就更缺乏积极的鼓舞力量。宋金时代，由于市民社会新思潮的兴起，也由于董解元这样具有丰富生活经验和观察力的作家，特别是对人民的思想情绪有着较为深刻理解的下层“书会才人”，他们能够认识到，作为讲唱文学的诸宫调是为自己生活的时代的人们演唱的，而不仅只是重述那历史上曾发生过的一件传奇事件。因此，董解元进行艺术构思时，试图回答当时人们正在思考的一些尖锐问题。他敏锐地感到：“始乱之，终弃之”的消极性，从而扬弃了构成原作的那个悲剧性冲突的基础，重新组合了两组对立人物，这就是一方以老夫人和郑恒为代表的封建礼教和封建婚姻制度的维护者；一方是崔莺莺、张生和红娘为了追求美满的爱情生活而大胆向封建礼教挑战的人物。戏剧性冲突的基础，也从张生与崔莺莺之间，转到崔莺莺、张生同老夫人之间的冲突，[1]最后通过这两组人物的对立和冲突，表现了反封建礼教的婚姻观念的最终胜利。这一改动，不但从根本上排除了“始乱终弃”的悲剧性结局，而且也大大增强了作品主题的社会意味。这说明，题材与主题绝不是密不可分的，它们之间的联系仅仅在于题材从所包含的生活内容方面为提炼主题提供基础。但题材与主题是有区别的，不同的作家常常从同一题材中提炼出不同的主题来，这就是题材与主题不能合二为一的例证。

《董西厢》的第二个贡献是对原传中的人物进行了重新的设计，进行了再创作，同时还从主题需要出发，塑造了一些新的形象，借以揭露封建礼法的罪恶，赞颂反封建礼法的斗争。

主题提炼，要求作家在生活事件中，深刻地提炼出生动又新颖的思想，并以它为作品的生命、脉络、焦点，来

1 戴不凡先生在《论崔莺莺》一书中论证《董西厢》的基本冲突时说：“这部作品所描写的矛盾和冲突，并不是直接地、正面地存在于崔张和老夫人之间，而是存在于他们自己身上，这样，它一方面既反映了封建社会生活中这一类人物的真实面貌；同时，合理、幸福的生活要求和维系封建秩序和礼法制度的矛盾，正是在这两个本身存在着矛盾的性格中，无比深刻地揭示了出来。”（戴不凡：《论崔莺莺》，上海文艺出版社 1963 年版，第 22 页。）笔者对这一论点有不同看法。《董西厢》展示的并不仅仅是性格冲突，而是真正的社会性冲突。莺莺和张生内心的矛盾斗争以及莺莺和张生之间的矛盾，只是两种婚姻观念展开冲突时的一个侧面，或是说在他们心灵上的反映，并没有构成独立的主要冲突。

进行全部作品的艺术构思。但主题的提炼绝不是孤立地抽象地进行的。文艺作品的主题提炼，总是通过形象，或与形象血肉相连地进行的，是和人物形象的塑造以及人物的典型化的过程，自始至终血肉相连地进行的，这就是我们常说的形象思维的过程。所以在构思的过程中，作家对作品的主题提炼的每一次深化，人物形象便会跟着变化，跟着成熟；反过来，作者对人物性格有了新认识、新体会、新创造，作品的主题思想也跟着发生改变和深刻化。

《董西厢》改动最大、也是最有决定意义的是张生的形象。这里仍不免要提到原传。小说中的张生是一个道德情操卑下的人物。他最初用尽心机去追求莺莺，但是当他骗取了莺莺纯洁的感情以后，却狠心地遗弃了她。不管作者怎样为他辩解，毕竟不能掩盖张生虚伪的灵魂。而在《董西厢》中，张生却被塑造成为忠于爱情、坚守信义的正面人物，作者赋予这个形象以热情诚挚，对爱情执着，对封建礼教采取叛逆行为的进攻性格，他为了获得自由的爱情和婚姻，勇敢地向封建婚姻制度进行了大胆的挑战。在事件的全部过程中，张生的内心也曾出现过动摇、踌躇和疑虑，但是这些动摇最终被他对莺莺的热烈的爱情涤荡干净。这样，《董西厢》中的张生就被表现为一个有情有义、始终不渝地热爱莺莺的人物了，这构成了张生性格的基调。在张生遇到莺莺，并热烈地追求莺莺时，作者这样描写他："自兹厥后，不以进取为荣，不以干禄为用，不以廉耻为心，不以是非为戒。"总之，封建卫道者认为的那些道德规范都被张生冲破或抛弃了，张生再不是原传中那个不顾信义的无行文人，也不再是为封建制度和封建礼教进行辩护的说教者了，而是一个用情专一，和封建伦理道德背道而驰的完全肯定的人物。董解元相当成功地塑造了一个具有叛逆精神的有血有肉的青年书生的生动形象。张生形象的彻底改造，一方面使整个故事能以环绕崔、张婚姻问题展开了反封建的斗争，一方面使崔、张得以团圆终场，从而改变了原传中始乱终弃的结局。正是这最有决定意义的改变，才为后来王实甫的《西厢记》杂剧在思想内容上奠定了基础。

原传中的莺莺，虽然对封建礼教有一定的叛逆性，但是由于作者的落后妇女观作祟，这个人物在一些地方被处理成为弱者。《董西厢》的作者，一方面坚决剔除了莺莺身上那种难以避免的软弱的性格特点，另一方面作者保留和大大强调了原传中莺莺性格的"核心"，即她对封建礼教的叛逆性。作者在设计这个贵族家庭的叛逆女性时，在外在性格上还是赋予了她对自由爱情的炽热的执着的感情色调，但是从内在性格上已大大强化了她的不屈服于命运的特色。

她敢于以封建礼法为“小行、小节”，敢于为着追求自由的爱情而和封建家庭决裂，最后还不避“淫奔”之名而和张生双双出走。比如，在她“赖简”以后，她深深感到赖简所造成的严重后果应由自己来负，于是不顾一切地去和张生相会，她说“如顾小行、守小节，误兄之命，未为德也”，她出自内心深处迸发出来的“我寻思顾甚清白——救才郎”的呼声，是一曲反封建礼教的战歌，她意识到为了“顾小行、守小节”而断送张生的性命是不道德的，同时也是弱者的表现时，竟不顾那严峻的封建礼教，终于以自己的叛逆性，冲破了内在和外在的封建礼教的牢笼，做出了逸出封建正轨的行为。

值得注意的是，董解元借助于诸宫调这种长于抒情和表现丰富内心世界的艺术形式，为我们充分揭示了莺莺内心世界的丰富多彩。这种内心世界的丰富多彩，绝不是如有些研究者所说是为了表现莺莺内心的动摇和分裂。事实上，《董西厢》和原传之所以不同，就在于莺莺一旦爱上了张生，就从来没有动摇过。她内心中的重重矛盾，只是封建礼教的束缚和挣脱这种封建礼教束缚的矛盾冲突。因此，表现在莺莺和张生恋爱道路上的矛盾，并不是她对张生曾发生过什么动摇或是内心分裂，这二者是有根本区别的，也是不能混淆的。文艺作品中展示人物内心生活时，不在于内在的复杂与单纯，而在于有没有内在的激动，这种内在的激动，可以是由于人物的动摇与犹豫，也可以是为着既定的目的，而顽强坚韧地斗争，这种斗争形成了人物内在的紧张。不能设想人物可以在成败得失之间无动于衷，而听众竟能够关心人物的命运并受到感动。内在的激动是塑造形象的根本要素，因此，莺莺内心世界的展示，只是为主人公性格有层次地发展垫上一块块阶石，直到最后，莺莺自许婚事，并且以私奔的激烈行动反对了母亲的严命。这些描写都很富有意味，对于旧时代的妇女为了反抗封建礼教，打碎封建主义对于她们心灵的桎梏，争取婚姻自由有着巨大的艺术鼓动性。

如果说诸宫调中莺莺的性格，还保留了小说中形象积极性的菁华，经过艺术改造成为一个新的形象，那么诸宫调中红娘的形象，可以说完全是崭新的创造。原传中的红娘，纯属条件人物，除了传递一下书信和送莺莺到张生屋中去以外，几乎没有什么行动。她在原传中和鼓子词中的地位，也仅是作为这个悲剧性事件的目击者而存在。没有行动性的人物，对于诸宫调这种大型的叙事诗式的样式来说显得特别尴尬。这个作品需要创造富有行动性的人物，一则为了情节的需要，如果没有这个人物，斗争便会在莺莺、张生和老夫人之间拉锯似的进行，没有其他力量引进来，对促进戏剧性冲突的激化和刻画人物、组织情节都是非常不利的。更重要的还在于思想上的需要，否则，对于概括生活、揭示矛盾，将会留下很大的空隙。

《董西厢》赋予红娘以爱憎分明、见义勇为的品格，使她成为富有智慧，敢于为正义而斗争，体现劳动人民精神美的一个堪称艺术典型的形象了。红娘具有多方面的性格特征：机智、伶俐、俏皮、勇敢等。但是，这只是构成了红娘性格的外在特征，还没有使红娘成为一个具有深刻社会内容的典型。红娘之所以成为具有典型性的艺术形象的最基本最主要的特点，在于她对崔张爱情的态度，在于她在崔张的婚姻中所起的积极作用，在于她在这场婚姻斗争中所显示出来的崭新的思想境界。

红娘不过是莺莺身边的一个小丫鬟，崔、张的婚姻问题本来和她毫不相干。但是，当她面对这场是维护封建礼教还是挣脱封建礼教的束缚的斗争时，基于她的强烈的是非观念，她逐步地站到崔、张一方来，并积极参与了他们对老夫人的斗争。她为崔、张的痛苦而痛苦，为崔、张的欢乐而欢乐，为崔、张的婚事，她一反主奴的关系，无情地指责老夫人是“老虔婆”“心肠太狠毒”。正是这种正义感和强烈的是非观念，使她积极地为崔、张的婚事而热情奔走。可以说，崔、张婚姻事件中的任何一个困难的克服，都离不开红娘的帮助，甚至崔、张两次上吊自杀，也都是红娘把他们从死神面前救了回来，没有红娘，崔、张的婚姻能得以胜利是无法设想的，这一切才是红娘形象的最根本的特征。这一形象无疑寄托了在封建婚姻制度桎梏下无数弱男少女的希望、追求和理想。

法聪这个“路见不平，拔刀相助”的侠肝义胆的人物，同样是《董西厢》的创造。他并没有超脱“红尘”，为了解普救寺之围，不惜赴汤蹈火，出生入死；对于崔、张的婚事不断给予帮助和鼓舞。他和红娘对崔张的反封建礼教的斗争起着支持和推动作用。

老夫人在原传中原是一个无足轻重的人物。在《董西厢》中，她是封建礼教的化身，是崔、张的对立面。作者大大强调了她的冷酷、虚伪、欺诈的性格特征，这样就加强了主题的深刻性和戏剧性冲突的尖锐化。

郑恒为原传中所没有，《董西厢》塑造了这个从外貌到内心都极为丑恶的人物，让他和老夫人站在一起，而最后，他们都归于失败。作者以郑恒反衬张生，从而把丑与美、粗俗与崇高、恶与善并比，取得强烈的艺术效果。

《董西厢》的第三个贡献是对崔、张故事结局的重新处理。故事的结局，是人物之间矛盾冲突的结果，是与整个情节有紧密勾连的一个环节，是主题的有力提示和深化；

而这些又必须是人物思想性格的充分展示，是情节必然而又出人意料的变化，对主题是形象的有感染力的体现。《董西厢》改变了原传中的一个根本性情节，就是以张生和莺莺的相偕出走以至获得美满团圆代替了悲剧性的结局。这种结局的处理，当然首先是由于主题改变了，人物性格改变了，戏剧性冲突改变了，团圆的结局构成了崔、张反抗封建礼法斗争的必然结果。但是，是不是可以以悲剧作为结局呢？比如写强大的封建礼教最终摧毁了以爱情为基础的自主婚姻。正像有的研究者主张的那样，《西厢记》最好以悲剧结尾，因为这不是不合于历史真实的。但问题是，怎样才能给人以争取婚恋自由的精神力量呢？

在董解元生活的历史条件下，如果不是作者有着大胆而又先进的思想，是不可能做出这样的艺术处理的。我们知道，在中世纪的封建社会，仅仅是莺莺和张生的私相结合，已经被认为是大逆不道了，已经要受到难堪的非议甚至残酷的打击了，董解元不消说是深深了解这种情况的，而他在自己的作品里却歌颂和肯定了崔、张的大胆行为，这不是董解元对于封建礼教的蔑视的反映吗？不仅如此，莺莺和张生的团圆还是被放在相偕出走这样的局面下取得的。这样性质的出走，“理”所当然地被称为“淫奔”，是为人所不齿的，也是难以得到同情的，然而《董西厢》却用它来解决爱情与婚姻之间的矛盾。作者认为莺莺和张生要真正获得胜利，获得自由和幸福，就必须采取这一激烈的行动步骤。事情很明显，作者不止于蔑视封建礼法，他简直是用他的作品向封建礼法进行大胆的挑战了。从这个结局来看，《董西厢》的思想是高于以前一切有关崔、张爱情故事的作品的。从这一点上来说也是高于王实甫的《西厢记》杂剧的，因为王实甫毕竟还是写张生中了状元回来，通过“合法手续”结合的。这就是为什么后来有的作家在改编《西厢记》时采用了董本的结尾方法而未采取王本的一个原因吧。

《董西厢》结局的处理具有什么社会意义呢？在董解元生活的宋金时代，封建势力是很强大的，反封建礼教和反封建婚姻观念在斗争中往往处于劣势，甚至经常遭到失败（如话本小说《碾玉观音》《闹樊楼多情周胜仙》《志诚张主管》等）。但是，在现实生活中，那些为追求幸福的青年男女仍然是不甘心的。因此，如果按照生活本来面貌，只是写封建势力的强大，封建礼教是不可摇撼的，无疑会大大削弱在现实生活中为自由婚姻而进行斗争的青年男女的意志。而董解元却能够站在市民理想的高峰俯视现实社会中的婚姻关系，他终于写了崔、张的胜利。不难想象，这种处理，必然会对当时斗争着的青年男女起着鼓舞斗志的精神作用。作者明确地昭告世人，虽然斗争经常失败，但斗争不是没有前途的，胜利不是没有希望的，相反，新的理想的婚姻，必定战胜封建婚姻。从这里我们可以看到这位“书会才人”不是在消极地冷漠地摹写现实，而是积极地提醒人们：在当时的生活和现实之外，还有另一种生活，另一种“现实”。并且让听众深信，这种理想的生活和现实，只要进行不懈的斗争，就有可能实现。《董西厢》结局的思想意义就在于此。

由此可见，对崔、张的爱情是否正确的问题，对于以爱情为基础的婚姻是否合理的问题，这是一个从《莺莺传》到《商调蝶恋花》鼓子词都没有力量来解答的问题，《董西厢》却以它全部的艺术力量，富有说服力地给予了肯定的答复。

如同一切古代优秀作品一样，《董西厢》在思想上和艺术上也并非没有可以訾议之处。例如作者把张生的举止写得很轻佻，个别场合又把他写得醉心于功名，给人造成一种形象不够完整的感觉；在处理题材和结构故事情节时，也有轻重失宜的地方；一些不符合人物身份的粗鄙的词汇影响了语言风格的统一，这无疑会影响和削弱作品主题思想的积极意义。而这些瑕疵，大多为王实甫改编时所避免，有些还从反面或另一角度启迪了改编者的艺术构思，在一定意义上说，《董西厢》的缺点、纰漏和局限，恰恰为王实甫发挥艺术创造才能提供了广阔的天地。

总之，从《莺莺传》到《商调蝶恋花》鼓子词，一直到《董西厢》，在主题、人物和情节上都发生了巨大的变化。《董西厢》在进行艺术构思时，把新的生活内容、新的社会意识灌注到这个传统的爱情故事中去了，于是这个古老的题材开始和封建社会广大人民的意向与愿望契合了。

三

上述两节所作的粗浅分析，无非是要说明两点意思：一是由于改编者人生态度不同，所以同出一源的故事，每经一道改编，就是一次推陈出新的过程；二是人民群众在一定程度上曾经直接或间接参与了崔张故事的创作。人民群众以自己的眼光观察周围的现实生活，同时根据自己的生活经验，把这一传统的故事加上自己的想象和判断，就在各种艺术样式中创造了他们所向往、所喜爱的人物，最后以董解元为代表，出色地总结了长期以来这一艺术创造的成就，完全改变了原作的主题和人物的精神面貌，以诸宫调这种民间讲唱文学形式完成了西厢记故事的基本构思。

到了元代，杂剧艺术空前繁荣，现实生活迫切地产生了用杂剧形式来反映崔、张恋爱故事的要求，杰出的杂剧作家王实甫承担起这项历史使命，他在《董西厢》的基础上进行了再创造，出色地把崔、张故事的口头文学搬上了戏曲舞台。[1] 如果把《董西厢》和《王西厢》比较一下，人们不难发现，《王西厢》只有个别情节和人物与《董西厢》有出入。在人物方面：只有惠明不见于《董西厢》，但是我们可以看出即使这一人物也仍然是根据《董西厢》中的法聪创造出来的；在情节方面：《王西厢》删去了《董西厢》中法聪和孙飞虎鏖战的一段，因为它竟以全书约六分之一的篇幅叙写对阵厮杀，不仅近于喧宾夺主，也不适宜杂剧艺术的演出；另外就是改写了最后一段莺莺和张生深夜从普救寺的出走；在语言方面：《王西厢》几乎保存了《董西厢》主题、情节和人物的原貌。比如，主要人物的性格并没有根本性质的改变，故事情节的发展线索全部取自《董西厢》，特别明显的是，《王西厢》还煞费苦心地保留了《董西厢》里许多优美动人的语言（特别是人物的富有行动性的语言）。只是由于诸宫调改为杂剧，由于讲唱的第三

1　戴不凡先生在《论崔莺莺》一书中说："我并不一定相信王实甫就是根据《董西厢》来改编《西厢记》的。"（见该书第 1 页）笔者不同意这一推测，因此作了如上几点说明。

身份的语言改为第一身份的人物自己的语言，因此不可能使原来的词句原封不动，尽管如此，王实甫还是尽量采用《董西厢》的精神加以改写。像一切出色的艺术家一样，王实甫利用了民间文学积累起来的巨大的艺术财富，富有独创性地改编，为我们创制出了具有反封建意义的杂剧《西厢记》。

《王西厢》仍然是在《董西厢》的基础上捍卫了反封建婚姻的命题，但是，要把这一鲜明的思想目的变为艺术实际，这需要巨大的艺术魄力，也需要缜密的真正属于戏剧的艺术构思。王实甫充分理解这个创作活动的意义，一切都为了奔赴这个鲜明的境界：反封建婚姻，主张以自由爱情为基础的婚姻！这是王实甫编写这本杂剧的最高任务，也是全部艺术构思的基础。

叙事性文学作品中的矛盾冲突是作品情节的骨干、核心。没有矛盾和冲突，情节的其他因素如场面、细节等便都黯然失色。小说、讲唱文学和戏曲是不同的艺术形式。冲突之于戏剧更具有生命般的意义，没有冲突就没有戏剧。

首先，《王西厢》借鉴了《董西厢》的结构规模，从作为舞台艺术的戏剧出发，建立和规划他的独具特色的戏剧结构。根据故事情节发展的需要，突破了元杂剧一本四折的通例，以连续五本二十一折的宏大结构反映了这场反封建礼教的斗争。这里最能显示作者杰出的创造力、也是他匠心独运之处，是他从主题要求出发对戏剧冲突的安排：在整个五本杂剧中有一条贯穿全剧的基本冲突，即自由婚姻和封建婚姻的冲突，具体的表现就是莺莺、张生和老夫人、郑恒的冲突。但是，这个贯穿在五本杂剧中的基本冲突，在一开始时并不是马上作为主要冲突出现的。在第一本中，从莺莺和张生初次会面并产生了相互爱慕之情以后，作为杂剧的基本冲突就已经存在了。但是这时的主要冲突并不表现在崔、张和老夫人之间，反而是在张生与执行"行监坐守"任务的红娘之间展开的。张生说得很清楚："则愿得红娘休劣，夫人休觉，犬儿休恶。"红娘的存在和可能出现的阻梗被张生看作需要认真对付的首要一条。因此，第一本的主要冲突，就是张生如何千方百计突破红娘的"行监坐守"而和莺莺接近的问题。这一主要冲突在第四折中得到了解决，张生终于胜利地见到了莺莺。但是，第一本中这个主要冲突的解决，作为杂剧的基本冲突不仅依然存在，并且由于崔、张的爱情的增长，基本冲突反而随之加深了。那么，崔、张能否结合，这就是杂剧第二本戏剧冲突的基础。

在第二本里，由于孙飞虎围寺，白马将军解围，崔、张的结合有了希望。但随之而来的是老夫人的赖婚，崔、张的婚姻问题又出现了合而复分的态势。白马解围反而把崔、张同老夫人的矛盾即戏剧的基本冲突向前推进了一步。

第三本在基本冲突加深的基础上产生了新的主要矛盾，这表现在老夫人赖婚后，崔、张的婚姻已属无望。这时一个新的斗争形势产生了，老夫人控制下的红娘从思想到行动同张生和莺莺完全站在了一条战线。矛盾的双方出现了分化和重新组合，斗争形势完全是崭新的，红娘的转变，对于崔、张为了婚姻自由而斗争并且取得最后胜利是一个极其重要的因素。因此，第三本主要冲突是崔莺莺如何更进一步摆脱一切客观和主观的礼教束缚的问题。莺莺的寄简、赖简正表现了莺莺与自己头脑中的封建礼教的桎梏进行斗争的全部心路历程。杂剧第三本最后一折，莺莺寄诗张生约他相会，说明她终于战胜了头脑中的敌人，因为莺莺约张生相会，是对封建礼教的最后背叛。所以，第三本主要冲突的解决反而使全剧的基本冲突更加尖锐化了。

于是，第四本中贯穿全剧的基本冲突完全表面化了，上升为当时的主要矛盾。来自两方面的冲突都带有箭在弦上的紧张性，崔、张与老夫人的冲突以面对面的形式展开了，造成全剧的高潮。最初老夫人好像有所让步，承认崔、张的“不合法”的结合，但是，接下去是老夫人以“俺三辈儿不招白衣女婿”为名，逼迫张生进京赶考，崔、张被迫分离。这是基本冲突在内部激化的反映，反过来又揭示了基本冲突的尖锐对立和向前发展。

第五本由于郑恒的出现，崔、张一方与郑恒之间再度展开激烈斗争。斗争的结果是郑恒的跳阶而死，崔、张胜利结合，贯穿于五本杂剧的基本冲突得到最后解决，“愿普天下有情的都成了眷属”这一创作的最高任务完成了。

从以上的分析，我们可以看出《王西厢》戏剧冲突的特点：每一本杂剧都有自己的主要冲突，因而造成每本杂剧的强烈的戏剧性；而五本杂剧又具有一个完整的贯穿全剧的基本冲突。所以，每本杂剧在主要冲突解决以后，就给予基本冲突以影响，基本冲突不仅没有消失，反而采取逐步激化的形式，一步比一步尖锐，一层比一层强烈，这就是《王西厢》全部戏剧性的根基。

总之，《王西厢》五本二十一折前后勾连，上下承续，各个互相衔接的矛盾都有必然的因果联系，戏剧的“系扣”和“解扣”[1]都有生活逻辑发展的必然性。因此，结构虽极

1 “系扣”和“解扣”都是剧作法中的术语，最早见于亚里士多德的《诗学》。“系扣”的准确含义是：“系起冲突纽结的那一个事件或那几个事件。”而“解扣”则是指“解开冲突的纽结的那一个事件或那几个事件”。由于它们是处在剧本基本冲突的两端，也有人称作“开端”和“收场”。但是我们发现“系扣”往往不在剧本刚一开始的部分，因此称为“开端”并不很准确，另外“解扣”也往往不在剧本的最后，称为“收场”和“结局”也有不妥之处。因此，这里用特定的剧作术语：“系扣”和“解扣”。

宏大，但却极缜密精细，显得无懈可击，成为一个完整的有机的艺术整体，这个艺术整体紧紧服务于全剧的主题思想。每个矛盾的产生、发展和解决的过程，都体现了人物性格成长的历程，都在于阐释杂剧的主题思想。这就是《王西厢》以戏剧的艺术手段对主题的提炼，这就是大戏剧家王实甫对戏剧辩证法的真正的美学理解。

就具体改编来说，“戏剧的兴趣应当集中在主要人物身上，戏剧的基本思想，就是在这个主要人物的命运中表现出来的”。[1]《王西厢》中的主要人物实际上在《董西厢》中已经塑造成了，真正创造出这些典型形象的是民间艺人们和他们的杰出代表董解元，而并不是王实甫一个人。如果我们把创造这些典型形象完全归功于王实甫，那么我们不仅看不到民间的文学家在创造这些形象上的杰出的贡献，而且也很难看出真正属于王实甫自己的独创。评价一位作家的功绩首先不是看他重复了别人的一些什么，而是要看他对艺术做出了什么新的贡献，和他以前的人相比，和他同辈的人相比，他提供了什么新的东西。王实甫真正的贡献就在于：他把《董西厢》搬上舞台时，对其内容作了出色的发展，并在此基础上对《董西厢》中的一些重要人物

1　见《别林斯基选集》（第2卷），上海译文出版社1979年版，第14页。

一一进行了加工，进行了我们通常所说的“刮垢磨光”的工作。这样，就使原来的主要人物的性格特征更加鲜明，人物的精神世界更加丰满。这样加工，就使崔、张的爱情生活事件得到升华，具有了充分的典型意义，这就是为什么《王西厢》在我们戏曲史上获得了“天下夺魁”[1]的崇高声誉的根本原因。

先让我们来看莺莺的形象。《王西厢》中的莺莺比《董西厢》中的莺莺有了明显的发展，这表现在《王西厢》进一步突出了莺莺的反封建的叛逆性格。在《董西厢》中，莺莺和张生的爱情一开始几乎是张生片面追求所造成的，看不到莺莺对于这个切身的问题有什么鲜明的态度，只是到孙飞虎围寺，白马解围，老夫人许亲又赖婚以后，读者才看到她对张生产生了爱情。于是莺莺给人们的印象似乎是这样：只有确定某一男性是她的丈夫时，她才会对他产生爱情。但是在《王西厢》中，出现了截然不同的艺术处理。剧情一展开就描写莺莺对张生的爱慕之情，当佛殿第一次相遇时，她对张生一见倾心，红娘见有人来，催促她回房时，王实甫给莺莺安排了一个“回顾觑生”的富有感

---

1 明代的贾仲明给《录鬼簿》里所记载的杂剧作家们写了不少吊词。在他吊王实甫的词的末了赞曰：“新杂剧，旧传奇，《西厢记》天下夺魁。”见《录鬼簿》卷上，古典文学出版社 1957 年版，第 13 页。

情内涵的动作，“怎当他临去秋波那一转”，被敏感的张生立即捕捉到了。所以张生极其肯定地认为：“昨日见那小姐，……那小姐倒有顾盼小生之意。”（这当然不是张生的神经过敏。）后来红娘带着讥讽的口气转述她眼中那个“傻角”张生有意于莺莺时，莺莺含笑静听，并嘱咐小红娘说：“休对老夫人说。”很明显，当张生突然间排闼而入时，立即就引起了她内心的极大波动，而她却听任这股爱情的潮水汹涌流动，老夫人十几年来对莺莺的长期封建教育和建立起的层层堤坝在短短的几天里全部坍塌了，莺莺内心深处的叛逆的意念以她还不曾完全理解的迅猛速度开始发展成为叛逆的行动。到了第二本第一折，莺莺上场后的那段著名的内心抒情颇能说明问题，所谓“坐又不安，睡又不稳，我欲待登临，又不快，闲行又闷，每日价情思睡昏昏”，这就十分强烈地描画出了封建时代一个贵族少女在恋爱中的特定的内心思绪。总之，《王西厢》是有意强调莺莺对张生的爱慕之情，这种强调具有如下的意义：强调莺莺对张生的爱情，实际上就是强调他们的婚姻乃是建立在双方相互爱情的基础上的，因为这一爱情从一开始就并不是由于张生的片面追求，于是就使他们的婚姻和那种完全缺乏爱情基础的封建包办婚姻之间的对立显得格外鲜明。

另外，《王西厢》比《董西厢》更加着力刻画莺莺的复杂的内心世界：所表现的她那颗心灵的曲折历程更加淋漓尽致，概括了更为深广的社会生活内容，因此就更加动人心弦，扣人心扉。比如《董西厢》中既写了老夫人的赖婚，也写了莺莺的赖简，但写得都很简略，尤其是赖简应当说还未能充分揭示莺莺的内心冲突，但是在《王西厢》中莺莺性格和内心的丰富性就被揭示得既真实又深刻，更加符合这个出身于贵族的少女在重重封建礼教的束缚下而又要追求自由爱情时的内心矛盾。我们不妨以赖简前后的情节为例进行一些说明。

莺莺月夜听琴后的第二天，就派红娘到书房看望张生，谁知大胆的张生竟然求红娘带来了情书。聪颖出众而又十分精细的红娘这时已经完全了解到她日夜陪伴的小姐的重重心事了，而且深知她的小姐目前的所言所行都被一层“假意儿”的面纱掩饰着，所以红娘悄悄地把张生的书简放在化妆盒之下。莺莺发现了书简，心中自然高兴，这时红娘眼中的莺莺的一番举动真是传神之笔：“拆开封皮孜孜看，颠来倒去不害心烦。”可是，她突然感到事情不妙，这不仅是由于接到一个男性的情书，对她来说还是生平第一次，而且充分意识到，这书肯定是红娘捎来的，红娘一旦泄露机密，事态将会朝着什么方向发展呢？所以她的“假意儿”在这里又以新的形式出现了，先是斥责红娘，而当红娘以要挟的口气公开表示“我将这简帖儿去夫人行出首去来”时，莺莺立即以“我逗你耍来”向红娘和稀泥。但她的内心的秘密仍不想也不敢明告红娘，所以虽然明明写了四句情诗约张生相会，却故意对红娘卖关子：“虽然我家亏他，只是兄妹之情，焉有外事。红娘早是你口稳里，若别人知啊！甚么模样。”“红娘，你将去说：‘小姐看望张先生，相待兄妹之礼，如此非有他意，再一遭儿是这般啊，必告夫人知道。’和你个小贱人都有话说。”这当然不仅是对红娘的又拉又压，而且也还是透露她那复杂矛盾的内心世界。因此，一旦张生真的如约跳墙而来时，莺莺果然是手足无措，“心乱如麻”了。她出乎意外地感到张生的鲁莽，而且竟然鲁莽到当着红娘的面跳墙过来向她公开求爱。于是，莺莺陡然地“变了卦也”，居于她头脑中的封建意识又以她也意识不到的状态出来活动了。

“赖简”后，莺莺深知自己的“假意儿”很可能置张生于死地，所以当她完成了对红娘诚意的最后试探以后，再次写诗给张生。她在这副独特的“药方”中终于表白了对张生的深挚的爱情，同时也说明了赖简的部分原因——“完妾行”。可见，莺莺性格得以继续发展，不但必须坚持反抗老夫人为代表的封建势力，还必须不断克服自身的封建意识。“酬简”中的莺莺那种“语言虽是强，脚步儿早先行”，十分准确地描绘了她的内心世界。这样，在我们面前出现的莺莺的形象，她的性格特点就表现为：单纯中寓有丰富，柔美中寓有坚韧。她由一个贵族少女而成为一个倔强的叛逆者的历程，是令人信服的，是那个时代出身于贵族家庭的青年人坎坷道路的合乎逻辑的发展。她走的道路是自己选择的，是她所独有的。一句话，是“崔莺莺式”的“这一个”。

王实甫不愧为一个心灵探索者。由于他使自己的人物回到了真实的生活环境、真实的生活状态和心理状态中来，所以他才能牢牢掌握住人物的“心灵的辩证法”。（车尔尼雪夫斯基语）可以看出，王实甫深深爱着他笔下的这个人物，但他却没有掩饰由于出身、教养、环境给莺莺带来的内心矛盾和性格弱点，他只是写出了一个相国家庭出身的叛逆女性，而不是一个英勇无畏的反封建战士；而且在爱情之外诸如生活道路等重大问题上，她也并没有叛逆封建主义的规范。所以王实甫真正杰出之处，正在于七百年前他能够敏锐地观察到和捕捉住出身于贵族家庭的少女在反抗封建婚姻制度和传统的旧教育时的全部内心的斗争过程，并加以典型地概括，这不能不说是王实甫的杰出贡献。

关于张生，《董西厢》已赋予这一人物以封建礼教的叛逆者的性格，但是，必须指出，在《董西厢》中有一些情节处理，大大削弱了张生叛逆性格的完整性。例如《董西厢》写到老夫人在不得已的情况下许婚了，但立即借口莺莺孝服未满，不能马上完婚，这时张生竟然表示："今蒙文调，将赴选闱，姑待来年，不为晚矣。"进京赶考是张生自己提出来的，并答应"三两日定行"。莺莺听说张生要去赶考，"愁怨之容动于色"，张生却大不以为然，并说："烦为我言之：功名世所甚重，背而弃之，贱丈夫也。我当发策决科，策名仕版，谢原宪之圭窦，衣买臣之锦衣，待此取莺，惬予素愿，无惜一时孤闷，有妨万里前程。"这里把张生追求功名之心写得十分强烈，但是这种描写和张生的基本性格特征恰恰是矛盾的，而且在艺术上也显得极不统一。我们不妨回想一下，当张生刚刚爱上莺莺时，《董西厢》写得分明，张生是"不以进取为荣，不以干禄为用，不以廉耻为心，不以是非为戒"，一切封建教义、功名富贵都被他抛弃了，为了自由的幸福和爱情，他作了艰苦的斗争，比起爱情来，功名利禄根本不在他的心上。这正是作为张生叛逆性格的核心。可是《董西厢》在上述的情节处理上却大大损害了这一核心，而且由于张生的赶考是自己提出来的，这样接下去的莺莺送别一场，也只能是一般的离别，而别离的悲痛也就失去了它应有的社会意义。但是，在《王西厢》中，张生的进京赶考是出于老夫人的逼迫，老夫人见木已成舟，勉强许婚后，同时就提出了苛刻的条件："我如今将莺莺与你为妻，则是俺三辈儿不招白衣女婿，你明日便上朝取应去，我与你养着媳妇。得官啊，来见我，驳落啊，休来见我。"正是由于张生是被迫进京赶考，张生前后性格就没有任何矛盾，而显得完整了，后来莺莺和张生的离别就成为在封建主义压力下的被迫分离。他们离别的痛苦，便深刻地体现了当时封建主义的残酷无情，封建礼教和自由爱情之间的冲突便显得格外分明和尖锐。

又如，《董西厢》中，张生中了探花回来，闻知老夫人已把莺莺许配给郑恒，一面忧愁烦恼，一面却又想，郑恒之父"贤相也，稍蒙见知，吾与其子争一妇人，似涉非礼"。于是竟然对老夫人表示：莺莺既已许婚郑恒，那么就以兄妹之礼相见。这里的张生似乎又是为了功名前途和性格的过分软弱，准备放弃经过曲折斗争才获得的爱情成果。这不免影响了反封建的主题思想的积极意义，而且对张生性格来讲也缺乏内在根据，实质上是对张生性格的损害。另外像《董西厢》里张生过多的轻狂和庸俗的表现，在《王西厢》中都被洗刷干净了，从而使张生性格中的积极的一面更加突出，新旧两种力量的冲突更加尖锐，杂剧的主题也得到了鲜明的体现。

红娘这一典型形象是出现于《王西厢》中的真正的奇迹。王实甫把《董西厢》中的法聪和红娘集中在后者一个人身上，她一出场几乎就喧宾夺主地吸引了观众的全部注意力。《王西厢》在红娘性格的再创造上的最大功绩，是更加深入地开掘出红娘作为出身底层的少女的精神美。《董西厢》在塑造红娘这一人物时无疑取得了很大的成功，但是同时也有损害人物精神品质的地方。在白马解围以后，老夫人请张生赴宴，当面赖婚，作者叙写张生回到书房，拿出一支金钗送给红娘，要求红娘为他向莺莺通消息，后来红娘替莺莺送诗约张生相会，张生又送红娘金钗一支，红娘谢张生而归。这种处理就使红娘那成人之美的热心肠和由正义感所驱使的行为，变成了贪图财物的行径了，这不能不说是《董西厢》的败笔。王实甫抛弃了这些有损红娘性格的地方，不仅如此，还进一步把红娘的行为的纯洁无私加以充分地强调。《王西厢》在写到莺莺月夜听琴以后，张生求红娘为之传递消息，并许愿："小生久后多以金帛拜酬小娘子。"红娘无情地嘲讽了张生，义正词严地指出：

> 哎，你个馋穷酸俫没意儿，卖弄你有家私，我莫不图你东西来到此？先生的钱物，与红娘做赏赐，是我爱你的金资？

你看人似桃李春风墙外枝，又不比卖俏倚门儿。我虽是个婆娘有志气。则说道："可怜见小子，只身独自！"恁的啊！颠倒有个寻思。

这真是千古绝唱，把红娘这个出身底层的"卑贱者"的精神世界升华到真正美的境界，她的心像水晶一样透明，她的行动完全是从正义感和对于被礼教迫害者的同情心出发的。她之所以积极主动地行动起来，那是因为她不满意"夫人失信"，更不愿见这对早已你有情我有意的青年男女从此陷入绝望的深渊。正是因为如此，促使她从冷眼旁观转到积极玉成其好事。王实甫全部美学的独到的特色，就在于他能够在平凡的人们的身上找到潜在的美，他从《董西厢》张生送金钗的细节里，挖掘出了相反的思想，一支金钗却启发了作者做了截然不同的处理，从而显示出了红娘性格的火花，那"不为人注意"的美。

值得注意的是，王实甫所写的红娘性格的发展是层次井然的。作者牢牢把握了红娘的内心贯穿线，在对待崔、张婚姻的态度上，红娘的性格越到后来越向前发展。在《董西厢》里，红娘是等张生一再请求，才为他设法与莺莺会面，而在《王西厢》中，在老夫人赖婚以后，出于强烈的正义感，红娘从思想上对崔、张的同情转变到积极的行动上的支持，是她冒着被“打下下半截”的危险，主动为张生设法，安排下月夜听琴的场面，而且此后一系列的晓夜奔走和传书递简，都说明她是以行动来促成这段好事的。这就表明，红娘越来越站在崔、张一边，也就是说，她越来越背叛了老夫人。“拷红”一折，红娘敢于在主人面前“据理直陈”，到了第五本，红娘的性格终于发展到一个新的高度，她以铿锵、锋利的语言，剔肤见骨地揭露了郑恒的无耻的霸道行径，伸张了正义。

你值一分，他值百十分，萤火焉能比月轮？

他凭师友君子务本，你倚父兄仗势欺人。齑盐日月不嫌贫，治百姓新民、传闻。

这厮乔议论，有向顺。你道是官人则合做官人，信口喷，不本分。你道穷民到老是穷民，却不道“将门出寒门”。

讪筋，发村，使狠。甚的是软款温存。硬打挨强为眷姻，不睹事强谐秦晋。

这几段“直抒胸臆”的唱词读来令人神旺。它说明：红娘终于突破了等级名分的界限，在主子面前，对崔、张的爱情和婚姻表示了充分的肯定和同情，对老夫人和郑恒的不义与无耻表示了极大的愤慨，做了无情的批判，这样加工和提炼的结果，红娘性格便放出新的光彩。王实甫通过红娘的形象有力地强调出真和美、美和善、美感和道德感的和谐统一。所以，在以后的生活中，人们常常把那些无私地为别人的爱情婚姻幸福而热情奔走，积极帮助别人克服婚姻中的困难的人称为红娘，也正因为如此，红娘的形象才成为古典作家们创造的最深入人心的典型之一，而长期地流行在生活之中。

《王西厢》在老夫人的形象上也有新的补充和创造。当我们对照《董西厢》中的老夫人就不难看出，王实甫是有意识地把老夫人同站在一条战线上的莺莺、张生、红娘当作对立的双方来描写的。王实甫分明看出了当时社会中“情”与“理”的尖锐冲突。但是作者在处理老夫人这个人物时并没有简单化，没有把她写成一个干巴巴的封建礼教的化身或是传声筒。作为母亲，老夫人是爱她的女儿的，所以孙飞虎围寺图谋进行掠夺婚时，她十分焦急，极度悲伤。在崔、张事情败露后，她也没有深责莺莺，这些都说明她对莺莺的爱。但是，这样一个人物在整个戏剧冲突中能不能成为充分的否定人物呢？她的爱莺莺和作为否定人物之间究竟有没有矛盾呢？老夫人作为封建礼教的坚决维护者，反对自由婚姻和她对莺莺的爱正是对立的统一。唯其因为她爱女儿，所以才坚决反对女儿和张生相爱，她毫不怀疑封建礼教的规范，认为只有父母之命的婚姻才是最合理的，才能使她的女儿获得“幸福”。所以她认为莺莺和张生的恋爱是不道德的，他们的婚姻也是不会幸福的。因此，老夫人和张生、莺莺的对立是思想的对立，是两种婚姻观念的对立，而不是感情上、关系上的对立。在具体关系上、感情上，老夫人是莺莺的“慈母”，但是，戏剧中人物的性格的社会本质，一定要在矛盾中显示，孤立地看老夫人的性格，那么老夫人似乎不是充分的否定人物，如果不是游离于戏剧冲突之外，而是从冲突中去看，即在戏剧冲突开展以后，当她坚决反对莺莺、张生的婚姻时，比如“赖婚”一折，以及她的逼迫崔、张分离，宣布崔家不招白衣女婿时，形象本身的逻辑，就把老夫人推向了负面人物的地位上去了，她的全部否定性被确立了。

从上面的分析来看，杂剧《西厢记》对传奇小说《莺莺传》和鼓子词《商调蝶恋花》以及诸宫调《董西厢》的改动是很大的。这种改动和重新处理，说明了一个重要的问题：作家对同一题材的任何取舍和虚构，不单纯是个艺术方法和艺术技术的问题，更重要的是作家思想水平的高度和认识生活的深度的问题，特别是心理体验的力度。作家思想水平高低深浅以及对人生认知的程度，对作品情节的处理和主题的提炼经常起主导的决定性的作用。因为情节不是吸引观众的手段，也不是叙述事件的方法，而是认识生活、表现生活的方法。作家之所以要呕心沥血地把情节加以提炼和典型化，其目的是要揭示人物彼此之间的复杂关系，是要透过生活的表象展示它内在的具有本质特征的思想和情愫。一个作家，如果对生活有过真正的内心体验和研究，他对事件的起因和根据便会有超于一般的见解和认识，对人物间的复杂联系便会做出深刻独到的分析和解释。由于事件的发展和起因有了变化，人物之间的关系有了不同的分析和处理，故事情节的演变自然就会具有独特的运动规律，使人感到新奇可传。《王西厢》之所以成为不朽名著，而《新西厢记》《东厢记》《后西厢》《竟西厢》等赝品之所以为人淡忘，其原因就在于此。恩格斯说得好："任何一个人在文学上的价值都不是由他自己决定的，而只是同整体的比较当中决定的。"[1]

另外，这种对原作的巨大改动和重新处理，算不算是忠实于原著？不忠实于原著的改编，符合改编的原则吗？

对于名著的改编，经常出现两种截然不同的情况。一

1　恩格斯：《评亚历山大荣克的〈德国现代文学讲义〉》，《马克思恩格斯全集》第1卷，人民出版社1958年版，第523页。

种是极力抽去原作中积极的精华，仅仅保留其外壳，打着改编的幌子，利用名著的崇高声誉，或则引导人民远离现实，或则紧紧抓着作品中病态的一角，来和当时的腐朽哲学相呼应，从而为时尚和政治服务。与此相反，把忠实于原作视为不可动摇的铁的法则，对原作中的积极的因素和消极的因素一视同仁，唯恐动其毫发，这种貌似忠实的改编也非可取。因为把原作奉之若神明，忠实到媸妍不分、金沙不辨，在某种意义上说，是拙劣的临摹式的改编，充其量不过是文学作品的复制，而严格意义下的复制又是不可能的。因此，作为富有民主性和群众性的戏曲艺术，由于它的造型形式特别接近生活这一有别于其他艺术的特点，从它诞生之日起，就和时代生活、时代潮流、时代主题紧紧地联系着。所以用戏曲形式改编名作，必须从原作内部发掘它的现实意义，也只有这样，才能发挥戏剧作为武器的力量。有人说，文学作品的改编，既是原著的奴隶，同时又是它的竞争者，这话是有道理的。

悲剧的咏叹调

——感悟马致远《汉宫秋》第三、四折

第三折选段

【步步娇】您将那一曲阳关休轻放，俺咫尺如天样，慢慢的捧玉觞。朕本意待尊前挨些时光，且休问劣了宫商，您则与我半句儿俄延着唱。

【殿前欢】则甚么留下舞衣裳，被西风吹散旧时香。我委实怕宫车再过青苔巷，猛到椒房，那一会想菱花镜里妆，风流相，兜的又横心上。看今日昭君出塞，几时似苏武还乡？

【七弟兄】说甚么大王、不当、恋王嫱，兀良！怎禁他

临去也回头望！那堪这散风雪旌节影悠扬，动关山鼓角声悲壮。

【梅花酒】呀！俺向着这迥野悲凉，草已添黄，兔早迎霜。犬褪得毛苍，人捌起缨枪，马负着行装，车运着糇粮，打猎起围场。他、他、他，伤心辞汉主；我、我、我，携手上河梁。他部从入穷荒，我銮舆返咸阳。返咸阳，过宫墙；过宫墙，绕回廊；绕回廊，近椒房；近椒房，月昏黄；月昏黄，夜生凉；夜生凉，泣寒螿；泣寒螿，绿纱窗；绿纱窗，不思量！

【收江南】呀！不思量除是铁心肠！铁心肠也愁泪滴千行。美人图今夜挂昭阳，我那里供养，便是我高烧银烛照红妆。

【鸳鸯煞】我索大臣行说一个推辞谎，又则怕笔尖儿那伙编修讲。不见他花朵儿精神，怎趁那草地里风光？唱道伫立多时，徘徊半晌，猛听的塞雁南翔，呀呀的声嘹亮，却原来满目牛羊，是兀那载离恨的毡车半坡里响。

《汉宫秋》没有那紧锣密鼓式的情节，没有那种扣人心弦的对白，它甚至也未让王昭君和她的对头毛延寿当场“撞击”，然而，人们还是被它那抒情诗般的魅力所征服，这里的一段段唱词，实际上是一首首韵味深长的诗。这种魅力主要来自作者重视戏剧意境的创造，是意境抓住了人。其中第三折元帝在灞桥上送别昭君的几支曲子尤为出色，历来为人们击节赞赏。它所创造的辽阔、深远、幽邈、苍凉而又粗犷的塞北风光以及在这画面中所渗透的怀念、忧伤之情，构成了唱词意境的独特美学风格。

马致远以诗笔写剧，他准确、细腻地揭示了汉元帝灞桥送别时的心理流程。剧作家集中用了【步步娇】【落梅风】【殿前欢】【雁儿落】【得胜令】【川拨棹】六支曲子让汉元帝直抒胸臆，尽情倾吐相思的痛苦，离别的哀伤，追忆往日的欢娱，嗟叹自己的无能。就在这黯然神伤之际，昭君要上路了，一句“怎禁他临去也回头望”，写出了汉元帝被撕裂了的心灵。此时此刻，眼泪已模糊了他的视线。紧接着，作者用【七弟兄】【梅花酒】【收江南】三支曲子为我们展现出一幅元帝返咸阳的场景：昭君的车队已经越走越远，送行的汉元帝想到她在塞外旅途中的艰辛，他仿佛看见了旌旗的影子在漫天风雪中摇动，仿佛听到了那凄厉而悲壮的号角在荒漠的太空中回荡。那空旷的深秋原野在他想象中是如此悲凉，那褪了毛的狗儿，那扛着缨枪的猎户，还有那慢腾腾的负载着行装的车马，点缀着一望无际的衰草……当他回眸自视时，他面对的将是更加孤独寂寥的情景。宫墙之内那昏黄的月色，那令人伤怀的像哭泣一样的蟋蟀的鸣叫……王国维赞赏这两支曲子是“写景之工者”，其实，这里写的景，并非实景，而是幻景，是剧作家采用幻觉的形式作间接抒情。汉元帝的幻觉恰恰出现在同王昭君分手诀别的刹那间，这时元帝内心中翻腾的是离恨未已、相思又继的思绪，将要面临的是人去楼空的凄凉景象。而睹物必然伤情，故而作者不以写实手法写景言情，而是深入描绘元帝心灵世界中的幻景：咸阳宫殿的宫墙、回廊、椒房以及黄色的月、凉夜、寒蛩、纱窗、美人图、孤灯……这是一幅即将出现而又令人惊惧的景象，而透过这些景物所创造的凄清、阴冷的朦胧氛围，深一层地展示了元帝与昭君诀别之际的相思之痛。在这里，人的意绪、情愫与物象、环境互相渗透转化，心灵外化为物象，物象流溢着思绪，来回往复，延伸拓展，臻至浑然无迹之化境，达到了人和自然的和谐统一，从而完成了对爱而不得其所爱、但又不能忘却所爱的痛苦的悲剧心灵历程的描绘。

昭君走远了，幻景也逐渐消失，作者在一段写实性的抒情独白之后，又进一步通过元帝的错觉展示他的悲剧心理和情感波澜。【鸳鸯煞】一曲写出形神凄怆的元帝对昭君思念之切，在凝神痴想中，错把北去的毡车的声音，当作了大雁南归，传来昭君的音信。透过这一错觉造成的心理意象，人们又深一层地透视了由对昭君的依依不舍的惜别之情而引发出的汉元帝心灵的震颤，宣叙了难以言状的情愫。

《汉宫秋》的意境美是和唱词的旋律美结合在一起的。它的音乐感突出表现在对仗手法的出色运用上，如“那堪这散风雪旌节影悠扬，动关山鼓角声悲壮”。“散风雪”对“动关山”；“旌节影”对“鼓角声”；“悠扬”对“悲壮”，对仗工整且极熨帖。这是八字句三个音步的对仗，两句结尾都是双音节词，节奏感强，韵脚响亮。再看，“犬褪得毛苍，人搠起缨枪，马负着行装，车运着糇粮”。这四个五言句，也是对仗，每句都是三个音步，每个音步都是对应的：“犬”“人”“马”“车”都是名词作主语，“褪得”“搠起”“负着”“运着”都是动词作谓语，除“毛苍”是词组作补语外，“缨枪”“行装”“糇粮”都是名词作宾语。这对仗工整的四句，虽然只有二十个字，却描绘出了一幅完整的秋狩图画。可见对仗句运用得巧妙，对于意境的创造能起很好的作用。

《汉宫秋》唱词的音乐感还和它运用短句顶真重复的手段有密切关系。比如：“返咸阳，过宫墙；过宫墙，绕回廊；绕回廊，近椒房；近椒房，月昏黄；月昏黄，夜生凉；夜生凉，泣寒蛩；泣寒蛩，绿纱窗；绿纱窗，不思量！”这些短句，以顶真法，将后一个分句的第一个短句重复前一分句的第二个短句，既回肠荡气，又有鲜明的节奏感。动词“返”“过”“绕”“近”的使用，又十分生动形象地表现了人物行动和心理的细致区别和不同环境不同建筑物的特点，急急地返回咸阳，穿过宫墙，绕过回廊，才接近那人去房空的椒宫，这时才感觉到月亮是昏黄的，夜是清凉的，蟋蟀在哭泣，而纱窗却仍然那样绿。可见，马致远不是单纯地追求词句的音乐感，而是让这种灵活的跳荡的句式服务于意境的创造。清代梁廷枏《藤花亭曲话》评《汉宫秋》曲词说：“写景写情，当行出色，元曲中第一义也。”这个评价对于马致远来说是十分恰当的。

第四折选段

【剔银灯】恰才这搭儿单于王使命，呼唤俺那昭君名姓；偏寡人唤娘娘不肯灯前应，却原来是画上的丹青。猛听得仙音院凤管鸣，更说甚箫韶九成。

【蔓菁菜】白日里无承应，教寡人不曾一觉到天明，做的个团圆梦境。（雁叫科，唱）却原来雁叫长门两三声，怎知道更有个人孤另。

（雁叫科）（唱）

【白鹤子】多管是春秋高，筋力短；莫不是食水少，骨毛轻？待去后，愁江南网罗宽；待向前，怕塞北雕弓硬。

【幺篇】伤感似替昭君思汉主，哀怨似作《薤露》哭田横，凄怆似和半夜楚歌声，悲切似唱三叠《阳关》令。

（雁叫科）（云）则被那泼毛团叫的凄楚人也！（唱）

【上小楼】早是我神思不宁，又添个冤家缠定。他叫得慢一会儿，紧一声儿，和尽寒更。不争你打盘旋，这搭里同声相应，可不差讹了四时节令？

【幺篇】你却待寻子卿，觅李陵。对着银台，叫醒咱家，对影生情。则俺那远乡的汉明妃虽然薄命，不见你个泼毛团，也耳根清净。

（雁叫科）（云）这雁儿呵。（唱）

【满庭芳】又不是心中爱听，大古似林风瑟瑟，岩溜泠泠。我只见山长水远天如镜，又生怕误了你途程。见被你冷落了潇湘暮景，更打动我边塞离情。还说甚雁过留声，那堪更瑶阶夜永，嫌杀月儿明！

【十二月】休道是咱家动情，你宰相每也生憎。不比那雕梁燕语，不比那锦树莺鸣。汉昭君离乡背井，知他在何处愁听？

（雁叫科）（唱）

【尧民歌】呀呀的飞过蓼花汀，孤雁儿不离了凤凰城。画檐间铁马响丁丁，宝殿中御榻冷清清，寒也波更，萧萧落叶声，烛暗长门静。

【随煞】一声儿绕汉宫，一声儿寄渭城，暗添人白发成衰病，直恁的吾家可也劝不省。

从第三折中我们已经领略了马致远剧诗美学的风韵。诗人写剧，剧中有诗，诗中有剧，此已高常人一等。但出自诗人之手的剧诗还有别具一格的特质，即他的剧诗是内在生命与气韵的和谐一致：他发自内心，顺乎天籁，是美的追寻者，梦的呼唤者。因此，《汉宫秋》一线贯穿，充满着智性与玄思，在冰山表层下潜沉着厚重的文化层蕴，但跳跃出来的已是满载着历史郁结、忧国忧民和上下求索的不倦的航渡。把握到这一点就不会感到第三折已经完成了剧诗的主旨，第四折成了多余的赘疣。恰恰相反，只要我们深一层次地探寻第四折荡漾其中的心灵旋律，即不难发现，它不仅仅是主人公悲剧情愫的表层展现，而且是面对郁结与焦虑的心灵突围。作为形象符号的汉元帝的悲情，实质上正是马致远的历史的反思和心灵的叩问。

在这一折中，描述性意象是剧诗作家带着强烈的情感对物与景进行描绘、摹写而成的。这些意象都是主体情思与客观外景的结合物，即“因心造境”。因为内心的积存首先表现在记忆的积存上，而这种内心积存又表现为多重性积存，那些生活场景的、人物命运的、形象记忆的、心理刻痕的、心灵体验的，它们拂之不去，自然流露，结果，一个触媒，就是一次震动；一个闪念，就是一个启示；一句词语，也会像一点火星，引爆出心灵的火药，它一旦爆发，有力又有光焰。试想，在六宫人静之时，悲情与愁绪油然而生，难以排遣，挂起了昭君的画图，观望良久，引发出来的更是刻骨铭心的悔恨和悲怆。炉香燃尽而思绪难尽，进入梦境后却又是昭君的仓皇出逃和番卒紧追不舍的惨景和苦况。梦的飘忽不定，短暂虚幻，模糊无序，又一次证实了它的因情而生。这真符合荀子所说的，梦是想象的方式，也符合《淮南子》所言，梦是记忆的方式。

当然，第四折点题的核心手段，乃是马致远的拟情性意象的出色运用。所谓拟情性意象，就是用托物、拟物、比兴等手法，将抽象的、不可见的情感具象化而产生的意象，孤雁长鸣在《汉宫秋》中的运用正是托物寄情的典范。请听：

多管是春秋高，筋力短；莫不是食水少，骨毛

轻？待去后，愁江南网罗宽；待向前，怕塞北雕弓硬。（【白鹤子】）

孤雁无力，南归愁罗网，北去惧雕弓，只落得在宫门外上空不住啼鸣：

他叫得慢一会儿，紧一声儿，和尽寒更。不争你打盘旋，这搭里同声相应，可不差讹了四时节令？（【上小楼】）

在这里，你不得不惊诧马致远剧诗艺术中的多向度的运用。昭君图像、惊心梦境和孤雁长鸣与悲情融合为一，它质朴而又明晰，平易而又亲切，令人心悸的单纯和生动，它把人类对情感的咀嚼、体验、感悟、喟叹提升到了一种诗的境界，而又不使其陷入狂热的情感旋涡中。他的忧伤、郁结是有距离感的，这是一种淡淡的哀愁，从从容容的痛苦。人物与动物、声音与画面、感觉与听觉，都进入了更高层次的混成交响。这一交响的基本张力与成为戏剧性高潮的张力交汇成第四折的绝唱。

谈到“绝唱”，那是因为在《汉宫秋》中就包孕着蚀骨销魂与肝胆俱裂这两种相反的感受。如果说前两折有“发现美”的意味，那么到第三、四折就完全是美的毁灭和毁灭后的深深失落感。这种写法在修辞学中被称为“矛盾形容法”。它形成了整部作品的总体张力，并散布到构成文本的各个重要因素上。

更体现气韵生动的是，马致远又把笔锋一转，由己及人：

> 你却待寻子卿，觅李陵。对着银台，叫醒咱家，对影生情。则俺那远乡的汉明妃虽然薄命，不见你个泼毛团，也耳根清净。(【幺篇】)
>
> 汉昭君离乡背井，知他在何处愁听？(【十二月】)

在悲凉的情调上，或回肠荡气，或高入云霄，都体现了哀歌的魅力。回顾第三折，在对尸位素餐的文武群臣的谴责批判后，这一折真不能不看作激愤哀极的哭灵了：其声呜咽，其情苦涩，是典型的灵魂绝叫。

摆脱痛苦，倾诉往往是最有效的解决方式。可怜的男人需要慰藉，也就是需要倾诉的空间。正是在这里，我们读出了马致远心灵里的那份幽深的孤独。也是通过这一折，我们才更完整地领略到全剧呈现出的诗人更完整的生命与更真切的形象。

总之，《汉宫秋》对元帝这个形象符号的重点式的抒情处理，这就在感情上最大限度地贴近了普通人的生活状态，使观众和读者在体验亲情的同时感受到由此而带来的撕心裂肺的悲情。当然，它同时又令人获得一次感情上的审美化升华。

马致远的剧诗和他的散曲一样，“出语天然，风致嫣然”。他的作品以丰美的境象和优美的旋律著称，究其原因，原来马致远像以他那真诚的心感受世界那样，始终以一种孜孜不倦的态度撷取外部世界的光影、声音、色彩、旋律、质感来酿造诗化世界的多彩意象，以博得读者对自己诗心的共鸣。

马致远这位用生命写诗和把诗视为生命的伟大诗人，无论是他的散曲还是剧曲，无论是内容还是形式，都极具磁性。它使人在心灵悸动时，感受到了诗和生命的交响。于是我们再一次领悟到，《汉宫秋》既是一部历史故事剧，更是一部带有强烈个人化的情感戏。

胆识与才情

——睢景臣《高祖还乡》的象征意蕴

一

记得是1987年初春，我参加了江苏省扬州市主办的全国《金瓶梅》研讨会。会间曾结伴补游了几处名胜古迹。虽说已经将近四月，但这“淮左名都，竹西佳处”的春光仍较嫩弱，细柳飘萧，青濛中吹拂着丝丝凉意。站在平山堂前凭眺，不禁为之神往。这里曾经是印证过唐代贵族园林高度集中的繁华胜地。李白的一首《送孟浩然之广陵》，对“烟花三月下扬州”的密友的情意和祝福已溢于言表；杜牧的“春风十里扬州路，卷上珠帘总不如”（《赠别》），

"二十四桥明月夜，玉人何处教吹箫"（《寄扬州韩绰判官》），倜傥风流的意绪，更显现了杜牧的才华横溢。然而不到三百年，宋词人张元干一句"十年一梦扬州路"（《贺新郎》），话虽寥寥，却显得有雷霆万钧之力。这里面包含着建炎元年（1127）宋高宗在南京称帝曾进驻扬州这一段十年前的往事，还寄寓了当时李纲为相，人民对他的引颔在望之情，也包含着对当前扬州成为金兵焚毁后的劫后空城的痛心。就是这寥寥七个字，写尽了扬州的沧桑。而姜夔的一首《扬州慢》，则被人称为"震今烁古"的名词，又唱出了"黍离之悲"的"余味"，更卓越地表现了写今之中寓有写昔、写昔之中寓有写今的艺术境界……这一连串的诗之意象的浮想，都曾使我沉浸到那时光早已流逝的佳地盛事中。然而两次扬州之行，真正久久萦回于脑际的，或者说在我心坎中始终浮现的更是那位可与青松千尺齐高的画像："双眸红赤，不能远视。心性聪明，酷嗜音律"，才比天高，桀骜不驯，悲辛中充满着无穷的愤慨，在嬉笑怒骂中显现出"制作新奇"[1]的元代扬州著名曲家睢景臣。

也许扬州出过太多的名人，以及太多的名人和扬州有

1　语见元·钟嗣成《录鬼簿》。本文所引钟嗣成《录鬼簿》皆见中国戏曲研究院勘校本。书见《中国古典戏曲论著集成》第 2 卷，中国戏剧出版社 1959 年版。因行文方便，个别文字参照天一阁藏贾仲明增补本。

太多的关系，以至最令我崇仰而又感美学趣味的元曲大家睢景臣的逸闻、逸事和他有关的遗存的古迹，在今日之扬州反而觉得过分地被冷落和少得可怜。对于本就孤陋寡闻而又对扬州不熟悉的我来说，几乎没能得到有关睢景臣的历史和现实社会给予他的新信息。这是令人非常遗憾的事。

实堪告慰的是，睢景臣的同时代人、著名剧曲作家、戏曲史家钟嗣成的旷世杰作《录鬼簿》，为我们留下了有关睢氏弥足珍贵的一束剪影。

在《录鬼簿》卷下“方今已亡名公才人，余相知者，为之作传，以‘凌波曲’吊之”类下记载：

> 睢景臣：
>
> 景臣后字景贤。大德七年，公自维扬来杭州，余与之识。自幼读书，以水沃面，双眸红赤，不能远视。心性聪明，酷嗜音律。维扬诸公，俱作《高祖还乡》套数，惟公【哨遍】制作新奇，皆出其下。又有【南吕·一枝花】《题情》云：“人间燕子楼，被冷鸳鸯锦。酒空鹦鹉盏，钗折凤凰金。”亦为工巧，人所不及也。
>
> 《千里投人》《鸳鸯牡丹记》《楚大夫屈原投江》
>
> 吟髭燃断为诗魔，醉眼慵开为酒酡。半生才便作三闾，些叹番成《薤露歌》，等闲间苍鬓成皤。功名

事，岁月过，又待如何？

这真是一幅精彩的印象素描。睢景臣的音容笑貌、个性风度，栩栩如生地呈现在我们的面前。从钟氏写的有关睢氏的小传到为传主所作的《凌波仙》吊词，大致可以了解到：大德七年（1303），景臣自扬州至杭州，与钟嗣成结识。钟氏熟悉他自幼读书勤奋，经常以冷水洗面，他还患有严重的“红眼病”（结膜炎？），乃至不能远看。他心性聪敏，酷爱音律，讲究造语工巧，他的【南吕·一枝花】四句连璧对即是一例。在维扬曲家一次以《高祖还乡》套数为题的创作竞赛中，他所作的【哨遍】因制作新奇，使诸曲家为之黯然失色。可见，他在当时自己的故乡已负盛名。至于吊词中的“半生才”云云，睢氏当属英年早逝，享年五十岁左右。设若大德七年睢氏到杭州为三十岁上下，则其生年在公元1275年左右，比钟氏稍大。

睢氏享年不长，且未能登仕，看来当属书会才人。平生所作杂剧《楚大夫屈原投江》等三种皆不传。可以略做补充的是：他还曾作有诗词若干，据《嘉庆扬州府志》卷六十二“艺文·集部·别集类”载，有《睢景臣词》一卷，均不传。后人曾将元散曲集中所录睢景臣曲作汇集而成新的《睢景臣词》。先有蔡伯雅辑、卢前校本，得套数三首，并附睢玄明套数二首，收入《元明曲萃》一书。又有1944年饮虹簃刻本，后收入《饮虹簃续刻曲》丛书中，由此可以看出睢景臣之所以名列元代优秀戏曲作家之列，主要是由于他创作了套曲《高祖还乡》。

二

若从名著重读、文学史重构的学术视野观照，任何信史，对我们研究一位作家及其作品，都只是一种参照系。窃以为，只有从作家自身创造的艺术世界中去认识作家，只有从作家对人类情感世界带来的艺术启示和贡献中给予作家以应有的艺术地位。所以我们还是要从文本来了解睢景臣及其伟大的贡献。

睢氏是以孤篇横绝于曲坛的大家。他的【般涉调·哨遍】《高祖还乡》在我国连中学生都非常熟悉，为了更好地把握睢氏其人其作，我们不妨共同重温一遍这篇散曲中的经典名作。

【般涉调·哨遍】高祖还乡

【哨遍】社长排门告示，但有的差使无推故。这差使不寻俗：一壁厢纳草也根，一边又要差夫，索应付。

又言是车驾，都说是銮舆，今日还乡故。王乡老执定瓦台盘，赵忙郎抱着酒葫芦。新刷来的头巾，恰糨来的绸衫，畅好是妆幺大户。

【耍孩儿】瞎王留引定火乔男女，胡踢蹬吹笛擂鼓。见一飚人马到庄门，匹头里几面旗舒。一面旗白胡阑套住个迎霜兔，一面旗红曲连打着个毕月乌，一面旗鸡学舞，一面旗狗生双翅，一面旗蛇缠葫芦。

【五煞】红漆了叉，银铮了斧，甜瓜苦瓜黄金镀。明晃晃马镫枪尖上挑，白雪雪鹅毛扇上铺。这几个乔人物，拿着些不曾见的器仗，穿着些大作怪衣服。

【四煞】辕条上都是马，套顶上不见驴，黄罗伞柄天生曲。车前八个天曹判，车后若干递送夫。更几个多娇女，一般穿着，一样妆梳。

【三煞】那大汉下的车，众人施礼教。那大汉觑得人如无物。众乡老展脚舒腰拜，那大汉那身着手扶。猛可里抬头觑。觑多时认得，险气破我胸脯！

【二煞】你身须姓刘，你妻须姓吕，把你两家儿根脚从头数，你本身做亭长耽几盏酒，你丈人教村学读几卷书。曾在俺庄东住，也曾与我喂牛切草，拽坝（耙）扶锄。

【一煞】春采了桑，冬借了俺粟，零支了米麦无重数。换田契强称了麻三秆，还酒债偷量了豆几斛。有甚胡涂处？明标着册历，见放着文书。

【尾声】少我的钱差发内旋拨还，欠我的粟税粮中私准除。只道刘三谁肯把你揪捽住？白甚么改了姓更了名、唤作汉高祖！

汉高祖还乡，在历史上实有其事，《史记》与《汉书》均有明确的记载。大意是说，汉高祖刘邦在做了皇帝后的第十二年冬日，曾趁平定淮南王英布叛乱的机会，回到故乡沛县，与父老兄弟饮酒庆贺，还作了一首《大风歌》，诗曰："大风起兮云飞扬，威加海内兮归故乡，安得猛士兮守四方。"并召集一百二十名儿童，亲自击筑教唱。他在沛县逗留了十余天，临行，故乡人再三挽留，又倾城出送，刘邦才志得意满地返回首都。

作为元代的戏曲家，睢景臣完全可以根据《史记》《汉书》所提供的素材，浓墨重彩地描绘一番刘邦车驾荣归的隆重而又热烈的场面和他那踌躇满志的心情；作家也完全可以写他在兴奋之余产生一丝丝"游子悲故乡""魂魄犹思沛"的感慨，当然也可以突出他对故乡人民的恩德仁慈，如何免去了沛县百姓的赋税与徭役……这些都可能写得很生动，甚至很成功。但是，充其量那不过是《史记》《汉书》某些记载的形象图解，乃至成为一篇歌功颂德、粉饰太平之作。然而曲坛大家睢景臣的这一篇《高祖还乡》如与史书记载略加对照比较，就可看出它转换了一个全新的视角，创制出了一个截然不同的情景，而且出色地拍摄了一张哈哈镜中的“刘邦”的形象。并且创造性地选择了一位憨、倔、谐三位一体的村民作为叙述人，而事件发展演述的全过程又都是他亲眼看见的，亲口说出的。正是这样全新的视点，才对迎驾的队伍、皇帝的仪仗和扈从乃至皇帝本人，颇有意味地描绘出怪诞离奇而又效果强烈的漫画式的图景，从而进行了调侃、讽刺和鞭挞。于是这篇作品就以未见先例的讽刺性的思想艺术特色，达到了元散曲的高峰。钟嗣成称赞它“制作新奇”，诸公“皆出其下”，并非偶然。

套数一开头，那位村民就按自己的理解讲述了他见到的一切。先是讲村社中的头面人物准备接驾和如何接驾，因而讲社长摊派差役比平时更蛮横无理，讲王乡老、赵忙郎执盘拿酒，打扮得像“妆幺大户”，讲王留带领的乐队，则用“瞎”“乔男女”“胡踢蹬”之类的词语来形容。他又把那些神圣不可侵犯的月旗（房宿旗）、日旗（毕宿旗）、凤凰旗、飞虎旗、蟠龙旗，以及红叉、钺斧、金瓜锤、朝天镫、雉扇，等等，统统按农村中常见的事物和农民们惯用的语言加以描绘，他的笔墨是如此干净，流水似的畅快、机智、俏皮，引人入胜，带给人的是一种否定神圣光圈变了形后的快感。

仪仗队过去了，接踵而来的是皇帝车驾前的“导驾官”及车后的侍从、嫔妃、宫娥。那位村民也弄不清他们的身份，便又按照他的理解，称为“天曹判”、“递送夫”和“多娇女”。

皇帝下车了，那位村民“不知道”他就是君临天下、擅作威福的皇帝，所以称为“那大汉”。众人慌忙向“那大汉”跪拜行礼，“那大汉”却十分拿大，“觑得人如无物”。村民细看“那大汉”，认准他就是当年熟识的大无赖刘三！这里绝无一丝一毫的剑拔弩张，而是充满了谐趣。激愤在这里被涂上一层浓郁的喜剧油彩，诗人的讽刺力度并未表现为感情的放纵，而是感情的潜藏，在不露声色中，却使人感觉到深层的心之跃动。

笔锋直下，本来村民一开头是以第一人称出现，省略了“我”。直到“气破我胸脯”一句，才自称“我”，而直呼刘三为“你”，面对面地揭露他的老底，历数他当年如何不务正业、好酒贪杯、借粟支米、抢麻偷豆，什么坏事都能干得出来。你如今既然阔了起来，早该把“少我的钱”马上拨还；“欠我的粟”马上从税粮中扣除，这也是可以的，谁还想把你揪住不放？却为什么今日你竟然平白无故地更名改姓“唤作汉高祖”？你再怎么把刘三改成“汉高祖”，你的“根脚”还是改不掉的，我认得你！这是睢景臣式的冷然的挖苦嘲弄。他仿佛告诉人们：这个挖空心思盘剥百姓的家伙，这个表面威严然而搜刮起来心毒手辣的“汉高祖”，他可是个泼皮流氓皇帝啊！这真有点像我们看到的丹麦童话大师安徒生笔下的那个一丝不挂的皇帝！不过，睢氏的《高祖还乡》却早于安徒生《皇帝的新衣》五百年。

总之，睢氏的《高祖还乡》艺术构思的特色是紧紧抓住讽刺对象身上的矛盾性，并加以集中、夸张，借用现代小说家张天翼先生的一句话，就是把人物“突然翻一个身”,[1] 露出其本相。这里讽刺语言的美学效果是强烈的，引人发笑的，同时又使读者在笑声中感受到一种对丑恶人物、丑恶道德彻底予以否定的快感。“笑是最有力的破坏工具之一。”（俄国文学艺术批评家、著名启蒙思想家赫尔岑的名言）笑，是一种锋利的两刃刀，我们终于在睢氏的散套中的字里行间，深切地感受到了讽刺笑声的特殊质感：毁灭性的嘲弄、调侃。这种愤激的笑，如岩浆一样地在字句下面奔突、流动，它使我们终于发出了轻蔑的笑。

1　张天翼：《谈人物描写》，作家书屋 1947 年版。

钟嗣成评睢氏《高祖还乡》“制作新奇”，我们也说作家采取了全新的视角，其实是包括睢氏的一个重要创造：一切都是通过一个村民看到的，一切都是通过村民叙述的。试想，如果由作者出面直接来叙述，怎么可能用调侃的语言来讲说皇帝的仪仗队呢？正是通过一位村民的叙述，就很贴切地把那些最高统治者用以“明制度，示威等”[1]的东西说成毫无神秘、并不威风的兔、乌、鸡、狗、蛇、斧、甜瓜、苦瓜和马镫，从而揭掉笼罩在它们上面的灵光。设想一下，如果由作者直接来叙述，揭穿皇帝的老底，确实难以措辞。现在作者以极聪明的方法，请一个本就熟悉刘邦根脚的老乡来做第一人称的叙述，就可以彻底暴露他的本相，让人看见貌似威严、做姿拿态的皇帝原来是什么东西！从深化讽刺主题的角度来看，村民的出现也是非常重要的，因为一个正面形象在一群反面人物当中出现，不仅像一道划破暗空的闪电，使人振奋又发人深思，从而加强了讽刺主题的内蕴；同时又像一块投入深潭的大石，搅乱了其中的浊泥与腐草，使它们更其使劲地表演一番不可。进一步说，睢氏塑造的这一村民形象，是因为睢氏看到了、认识到了处于野蛮统治下的一个个逐渐觉醒了

1　见《宋史·仪卫志》。

的灵魂。过去有的研究者认为，睢氏套曲中的这位村民是一个富有的农户或小地主，“汉高祖”从前是他庄园中的长工，这不仅是当时流行的庸俗社会学或曰机械的简单的阶级分析方法，而且全然忽视了套曲中的村民乃是一个虚拟的或是写意化的形象。作者只是想通过“他”，说出眼前这个“汉高祖”行为不端、出身不显，不过是个道地的乡间无赖而已。因此，这里的村民绝非特指的、实在的、某一“成分”的化身。富农、地主也好，贫农、雇农也好，与套曲的思想底蕴了无关系。也许只是因为睢氏独具只眼，开掘出底层人物平凡而高贵的灵魂，才抒写了他心中的愤懑。而那种从麒麟皮下揭出了马脚的艺术方式和审美效应，即在短时间内放大了那位皇帝的虚浮威严的外表与伪善、鄙俗本质之间的矛盾，正显现了睢氏艺术腕力的不凡。至于在细节的刻画上，作者则通过这位憨、倔、谐于一体的村民的眼与嘴，“汉高祖”的一眼、一鼻、一嘴、一毛，才构成一个活生生的泼皮流氓的形象。其笔触无驳杂之弊，显得色彩明净流畅。而讽刺形象的各个侧面的塑造，流动迅速，就像一张张肖像摄影，很快叠印到你的脑际，待到人物嘴脸勾勒一成，套曲迅即戛然收煞。这当然非大手笔所不能为。试想，一瞬间集中那么长的人物性格史（尽管是速写式的），那么长的社会生活史，绝非易事。总之，睢氏总能几笔把一个人物写完，他和那种善于用油画的色彩，浓笔重描，在复杂多样的社会关系中，在多条线索交织的结点上写人的叙事文类有别，散曲只允许他用立雕式，而睢氏正是吃透了散曲样式的特点，写人物的脸相是凸起的，但线条简洁，具有一种“浮雕美”。仅此一点，说“维扬诸公皆出其下”绝非过誉之辞。

三

从审美主体结构来观照，以上的认识也许还停留在第一个层次上，或者说我们没有做出超出意象的阐释。那么意象所包孕和指示的历史的、社会的内容是什么，以及那超越时空的意蕴是什么？我们还没来得及开掘。而且这里还有两个极为明显的问题需要回答。一个是，到底是怎样的现实触发了睢氏的创作构思；一个是，历史题材的作品的历史真实问题。这两个问题是文艺批评中说滥了也俗透了的问题，然而你仍难回避。笔者试图合起来谈谈一些极不成熟的看法。

通常看来，一代人本身有怎样的历史，总是或多或少地影响这代人如何理解以往的历史。严格的历史研究要求客观，但谁也没能做到纯客观。人们走不出自己的历史，犹如走不出自己的皮肤。在这方面我始终相信克罗齐的“一切历史都是当代史”的名言。然而我想，一切历史都是思想史是不是更坦率，或者更诚实一些呢？因为诚实地坦言自己的主体性及主观局限，反而更显客观。当然克氏的观点万不可作实用主义解，以此放言无忌，任意曲解历史。它只不过公开承认一切历史著作的局限，以及历史写作者走不出自己皮肤的一份无奈。这个问题说得似乎远了些，但要说明艺术创作过程主体意识渗透的程度，特别是政治的、社会的、哲学意识的渗透的程度，以及古代的题材如没有现实的触发，其艺术构思是不可思议的问题，我认为实与虚的关系必是问题的焦点。

笔者的授业恩师许政扬先生在20世纪50年代就有一篇论《高祖还乡》的力作，[1] 他把睢氏的这篇套数的研究推进到一个新的层次。政扬师认为：

> 作品本身说明，作者并不企图把他的作品的重心安放在历史上。从作品的总的精神来看，它事实上是面对着作者的自己的时代的。作者所描写的对象，主要是现实的生活，而不是历史。正惟如此，所以在作

1 《论睢景臣的〈高祖还乡〉哨遍》，原载《南开大学学报》人文科学版1955年第1期，后收入中华书局1984年所编之《许政扬文存》一书中，本文所引之文字皆见该书。

品中展示出来的农村，一望而知是一个元代的农村，所刻画的统治者，也俨然是元代统治者的面貌。

许师进行了大量的考证，从“社长”的“排门告示”到仪仗队的排场设置，他都从《元典章·户部·吏部》、《元史·仪卫志·舆服志》和宋元大量笔记中找到了有力的根据，证明睢氏《高祖还乡》的一切描写完全是根据元制，亦即作者生活着的当时的制度，而并不以历史的情况为准则。故事虽在外表上悬挂着一个历史的幌子，而骨子里整个的精神，则是直接面向活生生的现实的。代替汉代的沛都，作者描绘了一个当时的农村；在刘邦的名义下，作者刻画了一个元代统治者出行的场面。“不了解这一点就会对这一作品的现实的斗争意义估计不足。”

许师在这里以充分的材料为根据，准确地把握住了触发睢氏创作构思的关键。据史载，元朝统治者每年都有往回于上都与大都之间的事实。上都即开平，是元世祖忽必烈早年未做皇帝时驻居之地。中统元年，忽必烈即在此自立为帝。其后建燕京（大都），开平府“以阙庭所在，加号上都，岁一幸焉”。从此，元朝历代的皇帝照例每年于春天去上都，秋末还大都。元代的百姓，每年总可以看到一次统治者的往还。正由于这一事实的激发，才能触发睢氏创作《高祖还乡》的构思激情。可作旁证的是，据《录鬼簿》载，汉高祖还乡的故事，在元代是一个非常流行的题材。杂剧中有白朴的《高祖归庄》，张国宾的《高祖还乡》。在睢氏创作这一“哨遍”时，维扬的曲家也纷纷热烈地在编写《高祖还乡》的套曲，这一题材成为创作“热点”绝非偶然，他们当然有和睢氏相同或相似的心态，特别是“诸妄撰词曲诬人以犯上恶言者，处死”，[1]杂剧家和曲家们唯一的办法只有让自己的作品披上一件历史外衣，他们以历史故事为烟幕，表现出对元蒙统治集团的憎恨与鄙视是可以理解的。对于许师的这些研究的成果，我们可以把它看作社会——历史的思考和批评，而且是他把睢景臣《高祖还乡》的研究推进到审美结构的第二层次上来。根据我的了解，一个时期以来，《高祖还乡》的研究多认同许说，即散套虽写汉高祖，但真实意图却是针对元代统治者。

虽然睢氏的讽刺形象来自现实，并与时代斗争息息相关，已成为元曲研究者的共识，但是，随着学术界研究的深化，特别是方法论的不断更新，常常使我们感到：世界原来不是一种哲学可以完全解释的。著名的测不准定律说明，在描述一种现象时，需要一种理论一种方法；在测定

---

1 《元史·刑法志》三“大恶”。

另一种现象时，则需要另一种理论和方法。源于此，窃以为，对睢氏《高祖还乡》的研究是否可以推进到它的深层结构中去，从其超越时空和超越其题材本身，进一步去把握它的富有象征意味的文化意蕴呢?

文艺理论界的深入研究，曾为我们提供了这样一种审美思维的新模式：文学史上许多传世之作都是超越题材的范例。优秀的文学作品是作家心灵折射出来的历史之光。因此，从审美结构来看，可以称为不朽之作的都包含着三个层次：表层是各种形式美因素及其所唤起的意象；中间层次是意象所指示的历史的社会的内容；它的深层结构则是超越时空的具有象征意味的深刻意蕴。也就是说，当作家在作品中超越了题材自身的特定时空意义，揭示出某种普遍性的哲理内涵和心理内涵时，这个作品就获得了题材之外的某种象征意味。它的意味或典型形象就在世世代代读者心目中成为某种象征的形式而被吸收和改造，读者即以自己的不同心境和处境而代入不同的经验内容。这种具有象征意味的哲理内涵，理论家叫它“象征意蕴”。[1] 能够长

1 笔者过去在研读黑格尔《美学》时留意到了象征和意蕴（按朱光潜先生译法）的问题，并曾力图把这一理论范式用于文学研究中。近年林兴宅先生有大作发表和出版，其中对文艺作品的象征意蕴有精辟的阐释，较之笔者所论完善深刻得多。此处征引林作意见，以示不敢掠美。参见林兴宅著《艺术生命的秘密》，海峡文艺出版社 1987 年版。

期流传的文学作品，必然具有某种程度超越时空的“象征意蕴”。

文学作品具有两重性，这就是，一方面它是一种具体的意识形态，另一方面它又是超意识形态的抽象形式，即一种符号。文艺作品的艺术魅力之生成，其秘密正在于审美欣赏过程中做出的观念性向符号性转化的运动。睢氏《高祖还乡》中的刘邦是一个艺术典型。作者通过这个艺术典型，调侃、讽刺了汉代的刘邦，又鞭挞了元代的皇帝们。但在我们欣赏这一意象过程中，它又一步步激发我们展开经验的联想，从而，“这一个”刘邦形象，或借助这一个刘邦形象，我们开始了悟到一种情感表现的符号。正是这种符号的媒介重新创造我们观念中的新的审美意象，于是“刘邦”的形象的“这一个”，成为历代累朝帝王的象征，而不再简单的是哪一个皇帝。于是，睢氏蔑视皇权主义的思想就渗透于具体意象之中，具有了超越时空的不朽的生命力，即进入了“象征意蕴”的境界。“他所讽刺的是社会，社会不变，这讽刺就跟着存在。”[1]《高祖还乡》的永恒正在这里，它的象征意蕴也正在这里。

说《高祖还乡》所讽刺的是社会，社会不变，这讽刺

1　鲁迅《伪自由书·从讽刺到幽默》。着重点为引者所加。

就跟着存在，还有另一层的意思。因为睢氏在作品中接触到了一个古代普遍存在而又十分敏感的问题：皇权主义或是忠君思想。

在数千年的中国宗法社会中，“吾皇圣明”这是一条公理。秦王言法，于是天下人皆言法；汉帝言孝，于是天下人皆言孝；梁武帝言佛，于是国人皆言佛；唐天子好言道，于是天下人就拜老子李耳。正是这种帝王思维，曾以“奉天承运”的至尊意识，带着至高无上的神圣灵光，封闭了全社会的思维天地，以其特有的“子民”观念否定了臣民的主体意识，使他们普遍失落了自我，以其“中央大国”的一统观念，封锁了全社会的视野，使全社会的思维在一潭死水中迅速沉淀而凝固。正是这种帝王思维，以“天子”的角色实行着对“天”的最高模拟。这种原始的愚昧的直觉，完全钝化了国人的思维的锋芒，梦幻般地皈依于富于神秘色彩的“天子”的思维。正是这种帝王思维，以帝王的意志否定了天下人的意志，以帝王的独断取代了天下人的思考，于是所有的臣民都做了“愚民”。当然，中国人也有的骂皇帝，抑或也有一两个揭竿而起、取而代之者，然而，“昏”了一个又一个，便期盼着下一个又下一个。圣明和权威永远属于那一个。这便是历史上中国人思维的悲剧之所在，也是中国人思维的痛苦之所在。[1]

好了，现在竟有一位处身底层的书会才人，却通过“这一个”刘邦，蔑视了传统的皇权主义，否定了忠君思想，把由于被剥夺了受教育的权利而缺乏文化知识的村民作为正面人物，让他出面来剥掉皇帝的神圣外衣，于是，整个散套闪现出锋利的政治讽刺的锋芒，而且潜台词丰富。读睢氏的这篇杰作，你会有一种看冰山在海面上稳稳浮动的感觉，借用美国作家海明威的比喻：这是因为它只有八分之一露在水面上，“八分之七是在水面以下的”。[2]

像一切事物的发展都有其内在和外在的原因一样，睢氏的带有启蒙意义的反皇权思想也自有其内在和外在的原因。

在元朝特定的政治氛围中，士阶层尤其是江南文人普遍存在着一种心理上的压抑感和失落感，而进取无门的文士尤易滋生厌世和逃世的情绪，比如以周德清为例，他的散曲凡言“志情”大都回旋着一种压抑的心理情绪，而较少有超旷豪放的逸兴，这与元后期很多南籍曲家的情调基

---

1 参见周毅之、米寿江、严翅君三先生合著之《帝王思维》一书，上海人民出版社 1993 年版。

2 见《“冰山”理论：对话与潜对话》上册，中国工人出版社 1987 年版，第 79 页。

本一致。然而在政治和思想的高压下，知识分子也不会是铁板一块，而是在不断分化：一类投靠权贵，进入庙堂；一类消极颓废，高蹈出世；一类则不屑仕进，自觉或被迫地参加了各式各样的反抗斗争。“愤怒出诗人”，生于压抑必有忧患意识，过于“自由”则反而会丧失使命感，消解创作中必要的激情。作家的感受一般都很敏锐，而在元代，由于人生道路的险巇，更增强了作家们的敏感而沉浸于国家兴衰以及民族命运的思索中，也助长了他们思辨的深邃。而民族的矛盾、社会冲突的激化，必然会在觉醒了的成员身上，在知识精英的伟大作家身上，激起罕见的热情和勇气，必然会涌现出成百上千的群众喉舌，他们必然把人民之爱与恨、愿望与理想最鲜明地表达出来。因此在元曲中杰作的纸底，大多蕴含着人民群众的郁勃的心灵，蕴藏着他们对于极端专制主义暴政的反抗之音，表现出他们对于当权者摧残文化、压抑人才、颠倒善恶美丑的深沉愤慨，并进而发出某些**离经叛道**的呼声。因此人们在综观有元一代的文学艺术的杰作时，几乎都感受到了作家们感情的喷薄和气质的涵茹。当然这一切又都是时代狂飙带来的社会意识在杰出作家身上的结晶。彭·琼生曾精辟地称莎士比亚的作品为“本世纪的灵魂”，那么我们也完全可以说睢景臣等也是他们所处时代的灵魂。

事实上，睢氏既未高蹈出世，更没有同流合污，作为时代感应的神经，他以一个诗人的心灵良知和文化良知，以文学为武器，对元朝统治集团予以狠狠的一击，而且以离经叛道的无畏精神对皇权主义进行了挑战。睢氏没有辜负他的时代，而时代也没有遗忘睢景臣，他的作品所发出的回声一直响彻至今。一曲《高祖还乡》是留给后人的禹鼎，使后世的魑魅在它面前而无所逃其形。

四

钟嗣成评赞睢氏《高祖还乡》“制作新奇”，诸公“皆在其下”，当然既有思想内容的创新，也有艺术技巧上的创新。在笔者看来，睢氏艺术思维的重点是创造散曲中的讽刺体裁，是致力于对传统散曲历史体裁的改造。当然这种“改造”是自有其本身的特殊的“改造”方式，即变已有的历史体裁为新型的讽刺作品体裁，它既不是完全彻底抛掉历史材料，也不是任意毁弃历史形态，如果完全不要历史的东西，那就不是睢氏的变革和创造了。睢氏的这种新型讽刺散套体裁，正是对于历史散曲体裁予以特殊方式的哲学意义上的“否定”，也就是说，是在旧体裁里孕育新体裁，又在新体裁要求下改造旧体裁的结果。在《高祖还乡》

这样杰出的讽刺作品中，或者装点历史的假象，或者构造讽喻的新图，许多地方是涂着一层淡淡的历史色彩的漫画化的现实，而有些地方则又是服从整体需要的装饰性的历史。正是这样的一种变革，才能在历史的外壳中容纳了现实的内容，在历史的掩体后发出战斗火力。由此足见睢氏是通过特殊的否定方式，才使新体裁从旧体裁中诞生，而我们对于该作品的整体和局部的探讨，也必须根据体裁革新的特殊否定方式和特殊处理手法，才能更明白讽刺作品反映现实的方式。

睢景臣眼光远大，感情深沉，幽默中带有严肃、深长的思索，化神奇为平淡，冷中显热，冷中含愤，所以他在展开对于带有历史装饰的现实生活的讽刺描写时，显得驾轻就熟，挥洒自如。他不仅对于艺术形象加以讽喻性的处理，而且经常以漫画式的表现来加强讽刺力量；漫画式的表现和讽喻性的处理相结合，既使整个图景燃烧着讽刺烈火，而又显得意味深长。比如，在汉高祖銮驾回归故里，那讽喻场面展开之前，作者借助社长与王乡老、赵忙郎之类村中有头有脸的人物提壶捧盘，吆喝张罗的那些怪诞的嘲弄和漫画式的描绘，迅速地把人们带到本质认识的境界中去。

下面在描写那些继之而来的浩浩荡荡的旗仗的时候，

作者更巧妙地通过村民的观感的折光，对统治者视为神圣不可侵犯的仪仗以毁灭性的嘲弄。被统治者精心制定的“卤簿”，亦即为了吓唬老百姓而采取的排场，则完全失去了应有的效果，它们被还原为鸡、狗、雀、蛇。当我们看到统治者的一切庄严、神圣的伪装被拆穿而显出其可笑荒唐的原形时，都会情不自禁地哈哈大笑了。这是一种“还神奇为臭腐”的讽刺手法，正是这种手法，才鲜明而又突出地暴露了统治者的本质特征。由此，可以看到睢氏这种运用怪诞的、嘲弄的漫画式的描绘，正是他的讽刺作品中极其重要、也是他用以抨击统治者的主要表现方法。也许正是这种滑稽而又不可思议的现象，加强了我们对于“汉高祖”和那一群奴才的丑态的认识，也正是从这种艺术的幽默感中，唤起了我们认识历史、认识社会、认识政治的真实感。

毋庸赘言，《高祖还乡》的幽默风格和新颖的表现手法，带给读者的快感是强烈的，人们好像听了一场精彩的相声，看了一幕新奇的戏剧。你因它的风格幽默犀利而笑也好，你因它的表现新奇而惊讶也好，这都不能妨碍你在它心灵的音乐中陶醉流连。

以上我们试着从内容与形式的统一上运用综合—分析—综合的方法，入乎其内感受作品的精妙；然后出乎其外，从历史和哲学的视角进行观照，从而领会其象征意味，从而对《高祖还乡》的美学精要进行初步的探索，从而对它传世的秘密做一试验性的阐释。领悟《高祖还乡》的过程，也正是感受其启示力的过程，所以《高祖还乡》是属于那一类永远解释不完的诗。

《圣经》上说，“你要做世上的盐”比“你要做世上的光”更好，因为光还为自己留下形迹，而盐却将自己消融到人们的幸福中了。睢景臣既是光，因为他有《高祖还乡》为我们留下了形迹，但他更是盐，因为《高祖还乡》已经溶于我们的心田中了。历史是在不断地阐释中呈现于“当下”的，历史中的人如睢景臣这样杰出的诗人和他的作品，同样是在不断地阅读、接受中展开在每一个“今天”。

重新接上传统的慧命

——说不尽的《牡丹亭》

白先勇先生的青春版《牡丹亭》在国际上获得了盛誉，于是很多评论都试图解读这种成功背后的含义。我的这篇不成熟的小文，就是为了参与这种解读活动而撰写的。

一

可能我们早就感受到了中国好的遗存，是作为史学大国的标志——廿五史，甚至有人说，历史就是中国人的宗教。但是，我们是不是也应看到中国最好的遗存，是那更加闳富的文学艺术遗产和那么多“另类”的野史杂记？王国维、梁启超、胡适、鲁迅、闻一多、钱穆、陈寅恪、钱锺书等文化巨擘，不就是从失意与得意的文人的文字里发现了几近泯灭的性灵吗？于是我们又一次印证了一个真理：文学艺术是一个民族一个国家的灵魂。反过来说，一种美好的精神产品的消失，是最大的哀痛，而保留不下祖先曾有过的思想闪光和艺术智慧，比毁弃无数个古城更使我们感到痛惜。于是，一代又一代有识之士才用毕生之心血去试着重新接上传统的慧命，其中当然包括作为人类口头和非物质文化遗产的昆剧艺术的慧命。

20 世纪 50 年代，面对早已式微的昆剧艺术，部分具有远见卓识和高度审美力的文艺工作者抱着一份雄心，一份使命感，希望重新接上昆曲的慧命。于是经过半个多世纪不遗余力的精神劳动和智慧创造，曾不同程度地掀起过几次整理、改编和演出的高潮。受我过分狭小的观赏与阅读空间的局限，我个人感受最深的有三次：第一次是 1956 年以浙江省《十五贯》整理小组根据清初朱皠同名传奇改编、陈静执笔，浙江昆苏剧团演出的《十五贯》作为标志。这是昆剧艺术在艰难的文化困境中的新生和突破。它的上演引起了当时最高领导人的重视，为此《人民日报》特意发表了一篇社论——《一出戏救活了一个剧种》。然而，它的命运却很快被遗憾地定格在政治含义和政策需要之下，在“古为今用”实则是实用主义的思想指导下，成为反对主观主义的活教材。而昆剧艺术的审美价值、剧作的更深层次的内涵以及表演艺术的出类拔萃，皆未能彰显，反而一一被政治化的评说所消解。第二次是1986—1987年以上海昆剧院唐葆祥、李晓改编的《长生殿》的上演作为标志。对上昆版我情有独钟，而且就是在1987年，我们正聚集在中山大学由王季思先生领衔对《长生殿》进行了热烈讨论，后经文化艺术出版社出版了《长生殿讨论集》一书。这次研讨会对上昆版《长生殿》后来的演出是起了促进作用的，一时间好评如潮。但受地域性的局限，剧作本身内涵张力的局限，它的影响力也并不尽如人意。第三次高潮就是以白先勇的青春版《牡丹亭》的上演为标志。青春版《牡丹亭》的轰动效应源于白先勇的个人魅力，即他与《牡丹亭》共魂魄的精神，他对昆曲的痴迷、热爱以及特有的审美感受；源于苏昆团队的艺术创造，两股精神的合力使青春版达到了心灵的诗性与剧诗形式美的高度契合，这才诞生了具有划时代意义的青春版，这才使《牡丹亭》享誉国际舞台，昆剧艺术终于走向了世界。今天，它得以代表昆剧艺术的最高水平走进刚刚建成的国家大剧院就是明证。而我则又把青春版《牡丹亭》，看作在多元文化语境中能以特异的姿态重新接上传统昆剧艺术慧命的标志。

二

历史的《牡丹亭》和《牡丹亭》的历史是一幅绵长的斑驳陆离的图景，在众说纷纭中我们看到了它的“说不尽”，这就应了歌德在谈到莎士比亚的不朽时所说的：“……我们已经说了那么多话，以至看来好像再没有什么可说的了；可是精神有一个特性，就是它永远对精神起着推动的作用……”[1]以此来观照《牡丹亭》，一方面是，作为戏曲艺术的本体特征是由于它是由血肉之躯来和观众直接面对和交流的，在传播过程中具有直观性；另一方面，也是极为重要的一方面，那就是《牡丹亭》所具有的特殊的心灵史内涵，而心灵的力量是很难言说的。因为剧作本身的潜质和艺术张力给它的观众和改编者都提供了丰富的想象空间。事实是，《牡丹亭》的一切都是虚构的，一切又都不是虚构的；是故事，可也不只是故事。在《牡丹亭》中，“真实的”世界是在幻象涌动中被创造出来的。它的独创性在于，其关目推进的方式是生死两界中杜丽娘和柳梦梅的灵魂与躯体始终在俗人无法攀登的高峰中穿行，这是

---

1 见《莎士比亚评论汇编》上册，中国社会科学出版社 1979 年版，第 297 页。

一次异乎寻常的精神历险。也许是这部惊世骇俗之作帮着人们寻求到生活中的另一部分，才促使一代代青年男女和心灵丰富的人对自身心灵进行反思，为爱情、青春而思考着如何把自己的理想坚持到底。至于它的审美格调、它的美质与大气，是爱意里展现了袅娜，在灵动中洋溢着春光，这种审美感受几乎是每一位观众和读者都能认同的。正因为《牡丹亭》的魅力，所以对于一切处于青春期或从青春期走过来的人，都不能否认《牡丹亭》曾是他们隐形的精神摇篮。

正是基于诸多心理因素和昆剧艺术自身的审美力，《牡丹亭》才能对中国戏曲艺术的整个天地进行一次激情的超越。

《牡丹亭》的生命力，从昆剧传播史和接受史的角度观照，它始终被评论与改编两翼给予特殊的关注。从评论角度来说，前面已提到，它是在“说不尽”中流动，无论是肯定还是否定，抑或激烈的争议，但从品评到戏曲史都无法迈过《牡丹亭》而进行研究，时至20世纪80年代初，钱锺书先生在《管锥编》中还是要提到《牡丹亭》。钱锺书引沈起凤《谐铎》卷二《笔头减寿》语云：“世上演《牡丹亭》一日，汤显祖在地狱受苦一日。”而西方也扬言：“世上纪念莎士比亚生辰，地狱中莎士比亚正在受罪。”[1] 钱先生引卫道士的言论，是要告之公道的后人，这恰恰是对经典的赞扬，于是钱先生感慨系之地说：“宁与所欢同入地狱，不愿随老僧升天；地狱中皆可与才子、英雄、美妇，得为伴侣。”诚哉斯言！

至于对《牡丹亭》的改编，由于我知识积累的欠缺，所知甚少，但有一则还未被普遍了解的《牡丹亭》改编史上的故实，我想借此机会略做介绍。

我的授业恩师华粹深先生在1956年为了次年纪念汤显祖逝世340周年，整理改编了《牡丹亭》，再由华先生的业师俞平伯先生亲自校订。这个改编本收入中国戏剧出版社1982年出版的《华粹深剧作选》中。关于华粹深先生改编本的意义，1981年第11期《人民戏剧》上有陈朗先生写的一篇谈到北方昆曲剧院新排《牡丹亭》的文章，其中就公正地提到了这样的事实：

> 把《牡丹亭》压缩成为一个晚会演出，解放后并不始于今天的北昆剧院。1957年北京昆曲研习社就曾排演过，本子是经华粹深先生整理和该社社长俞平伯先生校订的。当时还特地从上海请来了朱传茗、张传

1 见《管锥编》二下卷，三联书店版，第504页。

芳、沈传芷、华传浩四位老师，来为社友们排戏。参加演出的有袁敏宣、周铨厂（庵）、张允和、范崇实等。那次是为了纪念汤显祖逝世三百四十周年而演出，也可以说是一次盛举。当时只作为内部观摩，曾在文联礼堂等处所先后演出过好几场。1959年为建国十周年献礼时，又在长安戏院公演过两场，接着，上海戏校由俞振飞、言慧珠两位校长率领师生们到北京也演出过，所演的即是部分参考了华、俞整理本。

引用陈朗先生的这段记述，意在说明，《牡丹亭》在过去舞台上的演出多是选择几出精彩片段，而“游园·惊梦”也就成了经典中的经典，至于能够在一个晚会上演绎一段爱情故事，领略杜、柳生死恋情的全貌，华、俞二位先生的整理改编本还是功不可没的。时至今天，整整过去了五十年，而恩师华粹深先生已谢世二十六年，俞平伯先生也于十多年前仙逝。现在重提此事，我想，在《牡丹亭》的改编史上，还是不能忽略前人走过的探索的道路，现在还是应当为他们的开创性的功绩记上一笔的。

石破天惊！新世纪之初，白先勇先生的青春版《牡丹亭》辉煌面世，这更是《牡丹亭》传播史和接受史上的大事。青春版《牡丹亭》正是准确地把握到了古典版《牡丹亭》固有的潜质，独具慧眼地发现了《牡丹亭》的心灵诗性和精神内涵，并从原作内部艺术地提炼出传统同现代、历史同现实相契合的生命精神与情志的内核，以及关于青春与生命的思考。在面对当下的观众群的特定文化语境里，清晰明快地体现出青春无悔、拒绝既定命运的安排和追求心灵自由的命题，这才使《牡丹亭》进入了一个新的思想境界，也才使青春版获得了“美到无法抗拒”和“曲高和众”的审美价值。

三

事实证明，作家的生命在于作品，也在于后人反复地观赏、阅读、阐释，乃至于改编、整理，从而赋予作品以新的质素，让宝贵的精神遗产得到激活。《牡丹亭》和《长生殿》、《桃花扇》都是昆剧艺术中的经典，而且应归属“核心经典”的范畴，即经典中之经典。然而要想真正进入经典的精神和思想世界是很困难的，而艺术，包括整理、改编的艺术，恰恰就是对困难的克服。这里需要的是思想、情志、灵性、技巧以及对经典艺术的特有的感悟力和百倍的坚韧，同时更加需要一种说不清的那种灵犀相通的缘分。用当代作家刘震云最近一次谈话节目中说的一句话：一个作家的创作，对于他写的人物，那是需要一种缘分的；没有这种缘分，你是写不好这个人物的。从中我领会到一位作家改编一部作品，也是需要一种缘分的。

如果说汤显祖是用心灵写作，那么白先勇则是用心灵去感悟。

白先勇改编《牡丹亭》在意境上审美上是有一套完整的构思与设计的，是长期酝酿、思考，是烂熟于心的结果，而且他不断地更新、反思他的改编进程，因此他的青春版《牡丹亭》才完美地体现出他对人生的独特观察，也体现了他对人生审慎的乐观，在理想主义的光照下让这个世界融合于每一天的阳光和月光中，尽管这一切是那么艰难。事实上，在改编过程中，白先勇把他的才情、情怀、气质、审美如此自然如此和谐地潜入笔墨间和舞台上，那是他生命精神的一次大投入。这种诗意的灵性，这种献身于自己酷爱的艺术的心智，很值得我们一步一深入地玩味。

为了探索如何更好地接续上昆剧艺术之慧命，我想把自己接触过的上昆版《长生殿》和青春版《牡丹亭》做一粗疏比较。

上昆版《长生殿》大约诞生于 1986 年至 1987 年改革开放的语境中；而青春版《牡丹亭》似诞生于新世纪初多元文化冲突与抉择的语境中。它们给我的共同印象是：都忠实于原著，都紧紧依托于第一文本的内蕴，都不改变第一文本的主旨，尊重文本的情节逻辑和人物的心灵历程。但在二度创作时，即在人们看到第二文本时，我们会发现，从剧情到人物再到视觉效应，却都不同程度地变革了昆曲的语态，并积极地尝试一种新的叙述方式。人们从一贯典雅精致乃至过分程式化的舞台上，看到了民众可以理解、把握的话语的鲜活（不仅仅是借助于字幕），看到了冲突的故事和人物的命运，而故事与命运似又与我们的心态息息相关。这种语态和舞台意象的转变，具体表现是：在表层上都是采用传统的结构法，注意立主脑，剪头绪，有头有尾、情节跌宕多姿、明快清新等，但主要人物之间的矛盾、悬念和戏剧性冲突却大大加强了，且更富于节奏感。但在深层文化——心理结构上，却不露痕迹地关注现代性的转换，它们都在原作内部发掘、提炼出历史与现实、传统与现代相契合的生命精神和情态。这种深层透视与思考，对改编者来说，必然有一个精神世俗化的过程，即必然地考虑戏曲本体的过程。这是一个无须回避的价值普及化的过程，当然也是精英文化走向大众化的过程。因为任何人无法否认，只要是改编，就必然是面对当下的观众群，就必然地朝着“曲高和众”的境界去努力。而青春版这种着意的特殊的题名本身，就是面对青年以及富有人生活力、尊重生命精神的人群的。

具体到上昆版《长生殿》，它所传达的是人生的永恒遗憾。人生的永恒遗憾是我国戏曲艺术中经常出现的一个母题：即爱而不得其所爱，然而又不能忘却这种爱的悲哀与痛苦。这是人间的一种不朽的恋情，也是人间一种不可摧毁的精神力量。它昭示着人的肉体可以分离，但心灵的追求可以得到更高意义上的契合。是的，原著中的“弛了朝纲，占了情场”是作家命意所在，然而又不尽然，因为改编者钩稽出了使我永难忘记的那场“雨梦”。结尾处〔幕后合唱〕：“天长地久有时尽，此恨绵绵永难偿，永难偿！”好一个“永难偿”！“卒章显其志”，改编者宣叙的正是一种永恒的遗憾的情志和情思。至于“情缘总归虚幻”也是多层面的，而上昆版则是凸显其“沧桑之感”。如果说“弛了朝纲，占了情场”的政治意味在尽量消解中，那么这里是尽可能地摒弃原作中过分虚幻的色彩，留给人们的是此恨绵绵的人生的永恒遗憾，这是一种悲剧心理和悲剧意识的升华。于是上昆版《长生殿》获得了一种象征意蕴，它的超越就在于它把政治意味的东西和虚幻的东西转换成为人性的东西，是一种普遍的人性美。于是它才有了新意，有品头，有回味！

白先勇的青春版《牡丹亭》更没有因为尊重原著而被

古典版的手束缚住自己的性灵。三台晚会观赏下来，你会清晰地看出，青春版不是简单地复制原著，而是一次重新地感知；它不是删繁就简，搞一个缩写本，而是重新安排关目，所以它绝非原地踏步；它的主观命意，我认为是作者对天地奥妙与人间玄机的参悟并展现其过程，这也许才是它的魅力所在。因为自由、天然、青春是上苍恩赐给人类，特别是青年的，而把握青春的鲜活应是人的本能，但又常常被人轻易放过，所以改编者才警示人们必须对青春、天然与自由给予深深的感激，必须理解她总是轻轻地来，悄悄地走，再回首，才知道她来过，所以，把握这美好的时机是最关键的。这就是我们通常所说的，故事虽然是虚构的，但精神则是真实的吧！

基于这种认识，我们再回过头来观照青春版的突出贡献。白先勇的功力在于他从古典版中深刻地提炼出生动而又新颖的思想和情志，并以它为作品的生命、脉络、焦点来进行艺术构思，在这种再创造的过程中，作者赋予作品的是时代的亮点，而这亮点又是人类的普遍感情，所以从潜隐层次观照，青春版不仅仅是如过去人们面对汤显祖经典版《牡丹亭》所解读的那样，是对宋代理学“存天理，灭人欲”的反拨，青春版则强化的是青春无悔，是抗拒既定命运，是呼唤心灵自由。这是一种生命价值观的根本转换。所以我说，白先勇的青春版如临帖与读帖之别一样，临帖只能取其形，而读帖则是取其神。白先勇是属于“读帖派”，青春版正是对古典版的神韵给予了精辟的阐释与彰显。因此它是汤显祖的，又是白先勇的。

白先勇智慧地感悟到，越是灵魂不安的时代，越需要文学艺术的安慰，因为他深刻认识到艺术是捍卫人性的，因此在观照原剧时，他紧紧把握和凸显的两个关键词正是天然、自由。白先勇那直视心灵的勇气，让我们体验到真正的爱必然从心灵开端。一颗勇敢的心，一个勇于坚持的自我，胜过一切说滥了的教条。我想，改编者内心翻腾的和关注的就是人的心灵自由，以及自己掌握自己命运的命题。我说这是一种情怀，一种人间情怀，所以他能神交古人，又能为天地立心。至于青春版在形式美上的冲击力、穿透力以及优美而又强烈的视觉效果，则明显比上昆版《长生殿》技高一筹，一言以蔽之，青春版没有复制同一种视觉美，它的视觉美是白先勇和苏昆团队的诗性、哲思和妙想的综合体现。所以，它真的是“美到无法抗拒”了！

总之，把青春版《牡丹亭》和上昆版《长生殿》综合地观照，它们都体现了改编者直视心灵的勇气，都有一份宝贵的人间情怀，都体现了心灵的诗性，都体现了剧诗的内涵。然而，从生命价值观和视觉效果来看，青春版《牡丹亭》的当代性更具有文化诗学的意味。如果像人们所说，青春版是一首青春颂的话，那么上昆版《长生殿》则是成人在步入晚景时对永恒遗憾的人生况味的反复咀嚼和低沉叹息。一个是通体回旋着青春、自由的天籁，一个则是沧桑之感或曰感伤成了主旋律。两者相互映照、比对，我们会看清青春版《牡丹亭》那活力无穷的更为积极的贡献：它的精神力量正像我们仰望苍穹时心中不再怅然，因为人们知道黑夜有了繁星和月亮，所以才美丽。青春需要心灵的创造和体会才能灿烂、无悔。于是我们也从昆剧剧坛上认知到创作题材上已经完美地构成了那刻骨铭心的形象的爱情谱系；而在生命精神的价值系统上，我们又看到了人性发展的经络和心律的脉动。

结　语

戏曲的演变史是人的精神成长的象征，也是人自身存在的证明。在昆剧艺术走向世界的时候，让我们共同努力，重新接上它的慧命，让最美的艺术更富于魅力，让我们的生命精神更加富有！

图书在版编目（CIP）数据

中国古典小说戏曲十题 / 宁宗一著. 一北京：中国工人出版社，2024.5
（中国历史文化小丛书）
ISBN 978-7-5008-8381-4

Ⅰ. ①中… Ⅱ. ①宁… Ⅲ. ①古典小说－小说研究－中国 ②古代戏曲－文学研究－中国 Ⅳ. ①I207.41 ②I207.37

中国国家版本馆CIP数据核字（2024）第109089号

中国古典小说戏曲十题

出 版 人　董　宽
责任编辑　傅　娉　李　骁
责任校对　张　彦
责任印制　黄　丽
出版发行　中国工人出版社
地　　址　北京市东城区鼓楼外大街45号　邮编：100120
网　　址　http://www.wp-china.com
电　　话　（010）62005043（总编室）
　　　　　（010）62005039（印制管理中心）
　　　　　（010）62379038（社科文艺分社）
发行热线　（010）82029051　62383056
经　　销　各地书店
印　　刷　三河市万龙印装有限公司
开　　本　787毫米×1092毫米　1/32
印　　张　7.75　　插　页　0.5
字　　数　130千字
版　　次　2024年7月第1版　2024年7月第1次印刷
定　　价　58.00元